いまドキ語訳
越中万葉

北日本新聞社編

現代に生きる越中万葉

万葉集全20巻のなかで、越中の地で詠まれた歌、あるいは越中の地を意識して詠まれた歌の数々は、「越中万葉」と呼ばれています。

これら「越中万葉」は、746（天平18）年に大伴家持が国守として越中国に着任してから、751（天平勝宝3）年に少納言として都へ戻る間、家持の周辺で詠まれたり伝誦された歌群や、さらに古い時代の越中国や能登国に伝わる地方民謡を含む、全337首を指します。

万葉集は7世紀から8世紀にかけて詠まれた、日本最古の詩歌のアンソロジーとして、日本の古代文学の研究対象となっています。しかし当時の人々にとっては、喜びや悲しみ、家族や恋人を思い、ふるさとや自然を愛し、その時・そこに人間が存在するかけがえのなさを、生き生きと詠む「現代文学」だったはずです。そんな万葉集は、21世紀の今にも十分な魅力を伝えています。

本書は、「いまドキ」の言葉や感覚を援用しながら、さらに万葉集の魅力に迫ろうとするものです。「越中万葉」の中から1首ずつ短歌を取り上げ、現代短歌に翻案することで、現代人と万葉人の間に回路をつくろうと試みました。この企画に、歌壇の第一線で活躍する若手歌人が協力し、北日本新聞文化面で、2012年7月から2013年3月まで26回にわたり「いまドキ語訳越中万葉」が連載されました。「いま」と「むかし」を視覚的にもつなげるため、テーマに合わせた写真を本社写真部が撮りおろしています。今回書籍化に伴ってあらたに3人の執筆者が加わり、ツイッターで公募した「いまドキ語訳」の作品も収載しました。

これまでの研究書とは一線を画したアプローチですが、大伴家持とその仲間たちや万葉の人々が、自分の友人や同僚のように、親密に感じられるのではないでしょうか。本書を通じて多くの人が、越中万葉と現代短歌、ふたつの魅力に触れてくださることを願います。

2013年8月

北日本新聞社

行平《ゆきひら》鍋にしただみの身のことことほんのちいさな家族でしたが

佐藤弓生

古代の食卓にのぼった貝。現代でも小バイなどの煮付けは家庭料理としてなじみ深い
（撮影・村上文美）

香島嶺《かしまね》の　机《つくえ》の島の　小螺《しただみ》を　い拾《ひり》ひ持ち来て　石以《いしも》ち　突《つつ》き破り
早川に　洗ひ濯《すす》ぎ　辛塩《からしお》に　こごと揉《も》み　高坏《たかつき》に盛り　机に立てて
母に奉《まつ》りつや　愛《め》づ児《こ》の刀自《とじ》　父に献《まつ》りつや　愛づ児の刀自

能登国《のとのくに》の歌

渋谿《しぶたに》の　二上山《ふたがみやま》に　鷲《わし》ぞ　子産《こむ》といふ　さしはにも　君《きみ》が　みために　鷲ぞ　子産といふ

越中国《こしのみちのなかのくに》の歌

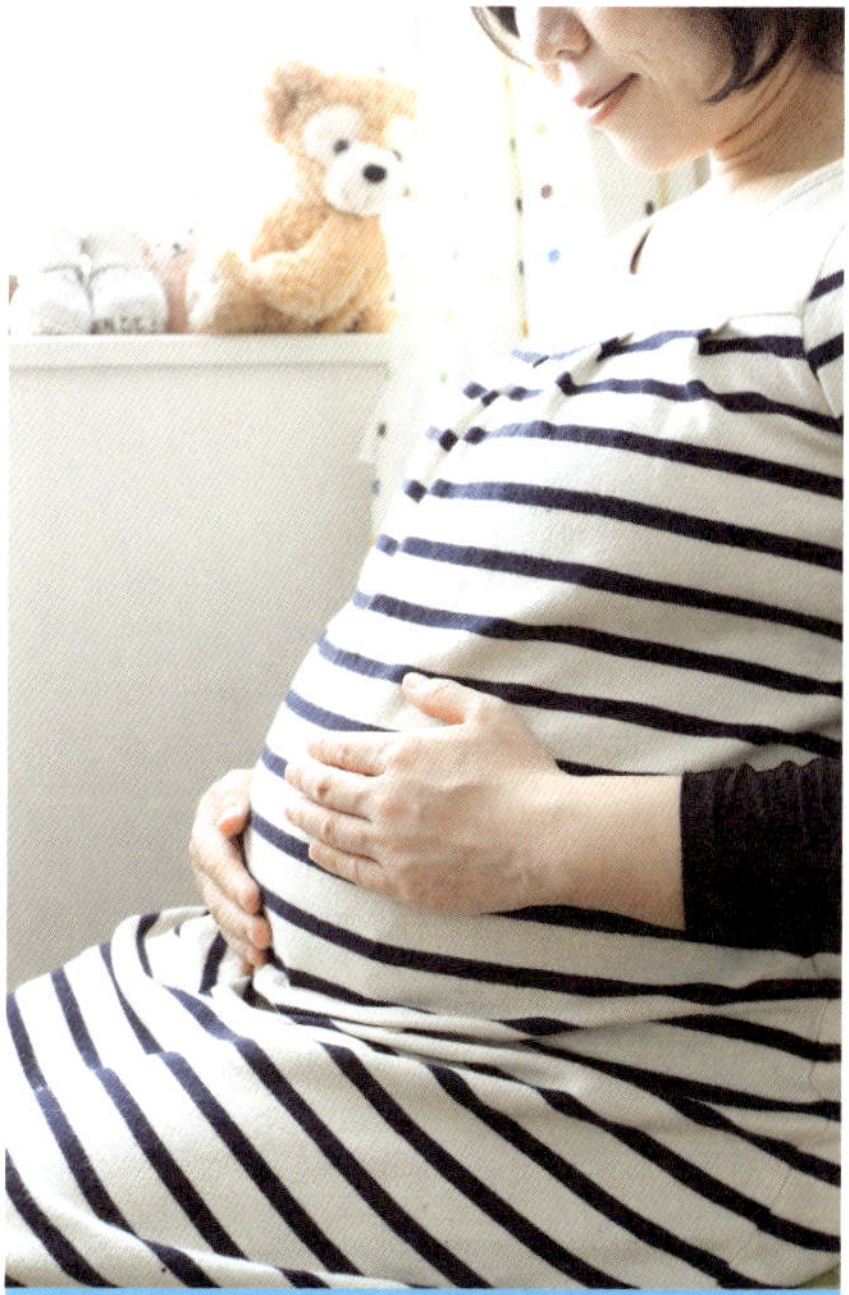

子を産む喜びと不安。大きくなったおなかをいとおしそうになでる妊婦＝滑川市内
（撮影・村上文美）

わたしうむの。うむよ
はねをぬいて
せかいを
うまれたまちで　あかちゃんをうむの。

今橋　愛

わが眠りがまばたきをして君がゆく道にやさしい風の帆を張る

大森静佳

剱岳の上に浮かぶオリオン座。星空を見上げると遠くに住んでいる人も同じ夜空を眺めているのだろうかと思うことがある＝上市町伊折
（撮影・垣地信治）

草枕旅ゆく君を幸《さき》くあれと斎瓮《いわいべ》するゑつ吾《あ》が床の辺《へ》に

大伴坂上郎女《おおとものさかのうえのいらつめ》

万代《よろずよ》と心は解けてわが背子《せこ》が摘みし手見つつ忍びかねつ

平群氏女郎《へぐりのうじのいらつめ》

運命の恋人をつなぐという伝説、「赤い糸」のイルミネーションがロマンチックな天門橋＝富山市の富岩運河環水公園
（撮影・小池　宏）

ずっと好き永遠に好き魂がとけあうときの指の刻印

東　直子

並び立つ自転車すべて波に錆び僕らまばゆき隘路《あいろ》をさがす

山田　航

夏の浜辺に並んで置かれた自転車＝
高岡市の雨晴海岸（撮影・村上文美）

馬並《な》めていざ打ち行かな渋谿《しぶたに》の清き磯廻《いそま》に寄する波見に

大伴家持

かからむとかねて知りせば越《こし》の海の荒磯《ありそ》の波も見せましものを

大伴家持

夜明けの雨晴海岸。立山連峰を望む浜辺に波が打ち寄せる＝高岡市（撮影・佐藤範幸）

白雲《しらくも》となりて荒磯《ありそ》の波を見るおとうとよ呼べ兄の名を呼べ

光森裕樹

永遠に雪が積もっている山に永遠に神住みて動かず

花山周子

かつて大伴家持、池主らが見上げた立山には
真夏でも雪渓が残る＝雄山の南東側斜面
（撮影・垣地信治）

立山《たちやま》に降り置ける雪の常夏《とこなつ》に消《け》ずて渡るは神《かむ》ながらとそ

大伴池主《おおとものいけぬし》

二上《ふたがみ》の彼面《おても》此面《このも》に網さして吾《あ》が待つ鷹《たか》を夢《いめ》に告げつも

大伴家持

小矢部川から望む二上山。夕日を浴び、雪と枯れ草が黄金色に輝いた＝高岡市の国吉大橋下流（撮影・村上文美）

夢に来て少女は告げる文鳥の嘴《くちばし》の色みてごらんなさい

加藤治郎

雪がふる広いところに引きこもる　コンクリで雪がつぶれ続ける

永井　祐

婦負野に広がる冬枯れのススキ＝富山市婦中町上轡田の神通川河川敷（撮影・小池　宏）

婦《め》負《い》の野の薄《すすき》押し靡《な》べ降る雪に宿借《やどか》る今日し悲しく思ほゆ

高市黒人

女神だなんてなんと陳腐な褒《ほ》め方か　けれど女神がゆく夏の浜

荻原裕幸

川で水遊びする子どもたち。家持も出挙（すいこ）の旅で、川に立つ少女を眺めた
（撮影・村上文美）

雄《お》神川《がみがわ》紅《くれない》にほふ少女《おとめ》らし葦附《あしつき》採《と》ると瀬に立たすらし

大伴家持

朝の海へ漕ぎ出すこころ逸《はや》りつつ月とあなたの待つ港へと

松村由利子

朝焼けにシルエットとなって浮かぶ海王丸＝射水市の海王丸パーク（撮影・佐藤範幸）

珠洲の海に朝開きして漕ぎ来《く》れば長浜の浦《うら》に月照りにけり

大伴家持

二上《ふたがみ》の山に隠《こも》れるほととぎす今も鳴かぬか君に聞かせむ

遊行女婦《うかれめ》土師《はにし》

夏空の下、くっきりと姿を現した二上山＝高岡市の小矢部川右岸から（撮影・船木悠平）

ネギなしの鴨すら来ない担当の神様不在が主な原因

篠田公夫

ため息は危険物かも逢ひたさをそらみつ大和のクロネコに乗せ

田中　槐

全国に向け荷物が発送される宅配便会社のトラックターミナル。夜に出発するトラックのランプが光の軌跡を描いた＝射水市内（撮影・垣地信治）

片思《かたおもい》を馬にふつまに負《おお》せ持て越辺《こしべ》に遣《や》らば人かたはむかも

大伴坂上郎女《おおとものさかのうえのいらつめ》

天皇《すめろき》の御代《みよ》栄えむと東《あずま》なるみちのく山に金花《くがねばな》咲く

大伴家持

平安時代後期作の阿弥陀如来立像。漆の上から金ぱくが貼られていたとみられ、現在も所々に輝きが残る＝南砺市井波の瑞泉寺宝物殿（撮影・村上文美）

天皇は持っていますぞ！　大仏が黄金の雨浴びはじめたり

笹　公人

あのときに贈れなかつた白玉をいまだ贈れず四十過ぎても

大松達知

美しい輝きを放つ真珠のネックレス＝富山市内の宝飾店
（撮影・垣地信治）

吾妹《わぎも》子《こ》が心慰《なぐさ》に遣《や》らんため沖つ島なる白玉もがも

大伴家持

玉ならば手にも巻かむをうつせみの世の人なれば手に巻きがたし

大伴《おおともの》坂上《さかのうえの》大嬢《おおおとめ》

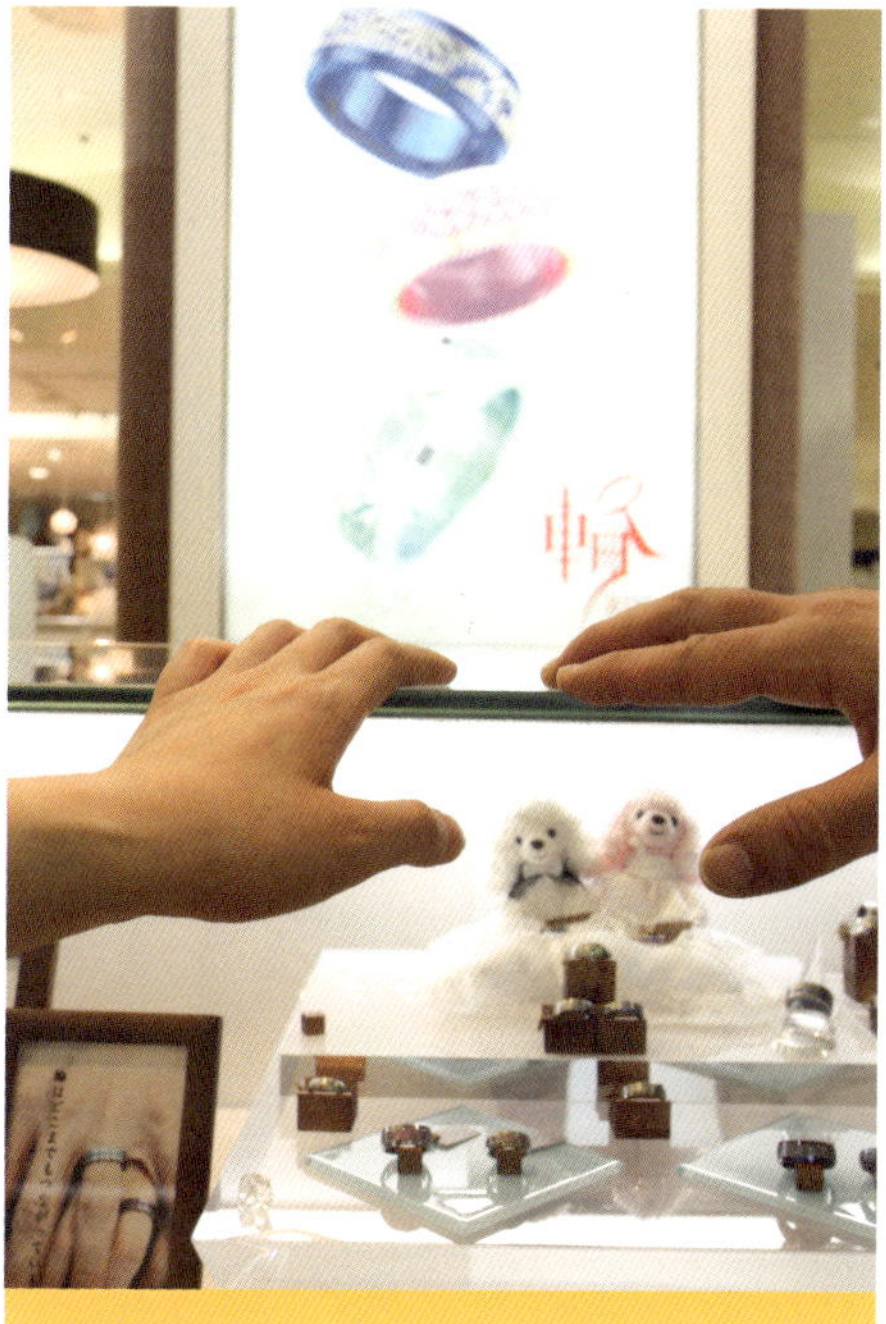

結婚指輪が並ぶショーケース。のぞきこむカップルの手が、次第に近づいていく＝富山市内の宝飾店（撮影・村上文美）

宝石になってよ　わたしの腕に巻き24時間愛でてあげるよ

天野　慶

待つことに耐えて伸びたる髪のごと伊勢なでしこの花弁《はなびら》は垂る

前田康子

折り紙でナデシコの花を作る少女ら。テーブルが花畑になった＝富山市内（撮影・村上文美）

石竹花《なでしこ》が花見るごとに少女《おとめ》らが笑《え》まひのにほひ思ほゆるかも

大伴家持

雪の上に照れる月夜《つくよ》に梅の花折りて贈らむ愛《は》しき児《こ》もがも　大伴家持

雪が積もった境内で鮮やかな黄色い花を付けるロウバイ＝富山市八尾町黒田の浄立寺
（撮影・垣地信治）

月の夜の雲は花びら　触れようとする君の手にとどく粉雪　江戸　雪

目の前の老婆きゅるきゅる若返り少女生《あ》れたり桃の花の下

穂村　弘

万葉人に愛されたかれんな桃の花＝氷見市内
（撮影・垣地信治）

春の苑紅《そのくれない》にほふ桃の花下照《したで》る道に出で立つ少女《おとめ》

大伴家持

わが園の李《すもも》の花か庭に降るはだれのいまだ残りたるかも

大伴家持

春の山里で白く清らかな花を咲かせるスモモ＝魚津市内
（写真・県中央植物園提供）

私《わたくし》の頭の中をはみ出してふる花びらを雪だと思う

山川　藍

春の日の愁いは深しここでないどこかを思う鳥も私も

俵　万智

スリムな体と赤く長い足が美しいセイタカシギ。北の繁殖地へ向かう途中に立ち寄ったようだ＝黒部市内
（撮影・日本野鳥の会富山酒井昌則代表）

春まけて物悲しきにさ夜更けて羽《は》振《ぶ》き鳴く鴫《しぎ》誰《た》が田にか住む

大伴家持

もののふの八十《やそ》娘子《おとめ》らが汲《く》み乱《まが》ふ寺井の上の堅香子《かたかご》の花

大伴家持

群生して咲くカタクリの花。堅香子（かたかご）はカタクリの古名で、万葉集に詠んだ歌は、右の一首のみ＝富山市の猿倉山
（撮影・佐藤範幸）

重き水、頭に載せて運びゆくアフリカ少女《おとめ》／かたかごの花

高島　裕

日曜の朝のしぐれの打ち際でおおよそきみのことだけ思う

岡田幸生

朝、枕元に置かれたビートルズのＣＤ
（撮影・佐藤範幸）

朝床《あさとこ》に聞けば遥けし射水川《いみずがわ》朝漕《こ》ぎしつつ唱ふ舟人

大伴家持

矢《や》形《かた》尾《お》の真白の鷹《たか》を屋《や》戸《ど》に据ゑかき撫《な》で見つつ飼《か》はくし好《よ》しも

大伴家持

のんびりあくびをする猫＝射水市黒河新（小杉）の「ドッグ　キャット　カフェ＆ショップ『バウ』」（撮影・垣地信治）

帰路の果てには猫ありて猫を揉むときおりそこに顔をうずめて

内山晶太

抱きあふぼくらをつつむ香りあれ　喉《のみど》にともる碧《あお》きバジルは　黒瀬珂瀾

夜風に揺れる七夕の吹き流し＝高岡市戸出町
（撮影・佐藤範幸）

妹《いも》が袖《そで》我《われ》枕《まくら》かむ河《かわ》の瀬《せ》に霧立ちわたれさ夜《よ》ふけぬとに　大伴家持

丈夫《ますらお》は名《な》をし立つべし後《のち》の代《よ》に聞き継《つ》ぐ人も語り継ぐがね

大伴家持

伏木気象資料館の敷地に立つ越中国守館跡の碑＝高岡市伏木古国府
（撮影・小池　宏）

永遠に語り継がれる名を立てて眠らん　母の呼ぶ声がする

奥田亡羊

旅客機の真下をうねる雲の波両手に掬《すく》ひあげて　あなたに　石川美南

青空にわき上がる雲と旅客機＝富山市婦中町
上轡田の神通川左岸から
（撮影・小池　宏）

多祜《たこ》の浦の底さへにほふ藤波を插頭《かざ》して行かむ見ぬ人のため　内蔵縄麻呂《くらのなわまろ》

春日《かすが》野《の》に斎《いつ》く三《み》諸《もろ》の梅の花栄えてあり待て還《かえ》り来るまで

藤原清河《ふじわらのきよかわ》

ほころんだ梅の花にとまるハチ＝
高岡古城公園
（撮影・佐藤範幸）

梅の花あなたを想いつつひらき祈りつつ春日野をあふれゆく

齋藤芳生

君もあなたもみな草を見て秋を見て胸に架空の国を宿した

堂園昌彦

かれんな花を咲かせるコスモス＝砺波市のとなみ夢の平スキー場
（撮影・垣地信治）

秋の花種々《くさぐさ》にありと色毎《いろごと》に見《め》し明《あき》らむる今日の貴さ

大伴家持

いまドキ語訳越中万葉

北日本新聞社編

目次

【凡例】

一、本書に使用した万葉歌の読み下し文は、『万葉集　全訳注原文付』中西進（１９７８・講談社文庫）、『新編日本古典文学全集　萬葉集』小島憲之・木下正俊・東野治之（１９９６・小学館）に従いました。

二、越中万葉や越中国庁については、『越中万葉百科』高岡市万葉歴史館編（２００７・笠間書院）『ふるさとの万葉　越中』高岡市万葉歴史館編（１９９０・桂書房）、を参考にしました。そのほかの官位、年表、地理については、『万葉集事典　万葉集　全訳注原文付　別巻』中西進編（１９８５・講談社文庫）に従いました。

三、万葉歌の左下にある口語訳については、右記の書籍を参考に、本社で行いました。

四、本書の漢字の読み仮名は、すべて現代仮名遣いに改めました。

巻16—3880—能登国《のとのくに》の歌

香島嶺《かしまね》の　机《つくえ》の島の　小螺《しただみ》を　い拾《ひり》ひ持ち来て　石以《いしも》ち　突《つつ》き破り
早川に　洗ひ濯《すす》ぎ　辛塩《からしお》に　こごと揉《も》み　高坏《たかつき》に盛り　机に立てて
母に奉《まつ》りつや　愛《め》づ児《こ》の刀自《とじ》　父に献《まつ》りつや　愛づ児の刀自

香島の山の机の島の小さな巻貝を拾ってきて、石で突き壊して川で洗って、辛塩でゴシゴシ揉んで、高杯に盛り机に載せて、母上に差し上げられたか、愛らしい奥さん。父上に差し上げられたか、愛らしい奥さん。

佐藤弓生が能登国の歌［巻16―3880］をよむ。

さとう・ゆみお
歌人。1964年石川県生まれ。東京都在住。01年角川短歌賞受賞。主な歌集に『眼鏡屋は夕ぐれのため』『薄い街』などのほか、掌編集『うたう百物語』、詩集、訳書がある。

越中守《えっちゅうのかみ》時代の大伴家持は、そのころ越中国の一部となっていた能登国《のとのくに》も巡察している。前掲のような歌謡との出会いが、家持自身の作風に変化をもたらしたことも考えられる。

「石以《いしも》ち　突《つつ》き破り……」以下、後世の感覚からすると早口気味の破調――西洋音楽ふうにいえば変拍子や、地方色ある労働歌としての内容などに、宮廷生活では知りえない清新な〝アート〟を見いだしたのではないだろうか。

2004年6月、石川県出身歌人の会にお誘いいただき、和倉温泉での歌会にうかがった翌日、メンバーの方々のはからいにより、七尾西湾のすぐそこに見える机島へ貸しボートで渡った（砂子屋書房刊『三井ゆき歌集』にその折の歌とエッセーが載っている）。観光船などめぐっていないかわいらしい無人島には、歌碑だけがひっそり建っている。浅瀬の岩や倒木に黒い小石のようなものがつぶつぶ連なっていて、気色悪いので写真を撮った。あれが小螺《しただみ》だったんだなあと、いま思う。まだ成長途中のサイズだったらしい。

ネット検索したら、この歌は日本最古のレシピかという記事があった。地元ではスーパーマーケットでも買えるとのことで、気色悪いとか言って申し訳ない。と、都市生活者ゆえ判断がスーパー基準なのも情けない。この歌はレシピでもあり、生活の標語でもあったのだろう。リズムよく、唱えやすい。現在は生食よりも、殻ごと塩茹《ゆ》でしたり、味噌や醤油《しょうゆ》で煮詰めたりすることが多いそうだ（おいしそう！）。そこで擬音語「ここ」は「ことこと」によみかえてみた。

行平《ゆきひら》鍋にしただみの身のことことことほんのちいさな家族でしたが

佐藤弓生

巻16—3882　——　越中国《こしのみちのなかのくに》の歌

渋谿《しぶたに》の　二上山《ふたがみやま》に　鷲《わし》そ　子産《こむ》といふ
さしはにも　君《きみ》が　みために　鷲そ　子産といふ

渋谿の二上山に鷲が子を産むという。指羽《さしは》になりお使いくださいと、あなたの御ために鷲は子を産むという。

今橋愛が
越中国の歌
［巻16―３８８２］をよむ。

いまはし・あい
歌人。１９７６年大阪市生まれ。23歳で作歌を始める。２００２年北溟《ほくめい》短歌賞受賞。翌年第一歌集『Ｏ脚の膝』。〔ｓａｉ〕、「未来」所属。現在第二歌集を準備中。

この歌は、5・7・7を2回くり返す、短歌よりも古風な旋頭歌《せどうか》。この当時、二上山の麓に越中の国府（国庁の役所などがおかれた都市）はあり、山の奥深くに住む鷲《わし》までもが、あなた（越中国守＝地方長官）のために子を産み、さしは（羽毛で作る柄の長い団扇《うちわ》のこと）になって尽くす。

そんな私たちの国越中はすばらしい。越中の国万歳。と、国の歌らしい、わかりやすい、まっすぐなメッセージが込められている。

昔の人には、こころの深いところで、国や、神や、自然といった「大きなもの」とつながっている感じがあるんだろうな。だからこういう歌が広がる。今同じことを歌ったら笑いにもならないもの。時間をゆったり感じられるところもいいな。

時代は変わって１３００年後の今、私のおなかの中にも赤ちゃんがいる。だけど、この歌の鷲のお母さんのように、国守のために子を産むという献身や、国や町とつながっているという感じは薄い。

数日前、駅前で選挙の演説が響いているのを聞いていた時も、何を信じたらいいのかな。と、私はちょっと混乱した。

でも、本当は。私。夫。赤ちゃん。そして私たちの親や、その親。ずっと続いているもの。そのつながり。暮らした町、暮らしていく町。変わらない、ゆるがないもの。そういうものを私は今、今まで以上に大切にしたいのだと思う。

この歌や万葉集に流れる「大きなもの」とつながっている気配全部が、何だかうらやましくなって。私とおなかの赤ちゃんは、冬の日。深いお山に住む幸福な鷲のことを、しばらくぼんやり思っていた。

わたしうむの。うむよ
はねをぬいて
せかいを
うまれたまちで　あかちゃんをうむの。

今橋　愛

巻17—3927

天平18年7月、家持が越中赴任する時に、坂上郎女が家持に贈った歌

草枕旅ゆく君を幸《さき》くあれと斎瓮《いわいべ》すゑつ吾《あ》が床の辺《へ》に

大伴坂上郎女《おおとものさかのうえのいらつめ》

草を枕に旅ゆくあなたを、ご無事にあってほしいと、斎瓮《いわいべ》を据えました。私の床のほとりに。

大森静佳が坂上郎女の旅の無事を祈る歌［巻17―3927］をよむ。

おおもり・しずか
歌人。1989年岡山県生まれ。福井県小浜市在住。京都大学在学中に「京大短歌」と「塔」短歌会に入会、現在「塔」編集委員。第56回角川短歌賞受賞。歌集に『てのひらを燃やす』。

坂上郎女《さかのうえのいらつめ》は家持の義理の母。この歌は越中に単身赴任が決まった家持に贈られたもので、家持の妻である実娘になりかわって詠んだ歌とも言われる。斎瓮《いわいべ》は、神酒を捧げるための神聖な器のこと。斎瓮を据えて旅の無事を祈ったというこの歌の他、坂上郎女には家持を想う歌が数多くある。「草枕」は「旅」を導く枕詞だが、ここでは「枕」が結句の「床」と響き合い、自分の眠りを相手の眠りに寄り添わせてゆくかのような優しい祈りが感じられる。

電話もメールもなかった時代の長旅、その無事を願う気持ちは私たちが想像できる以上に切実なものだっただろう。もちろん、御守りやおまじないの類は現代でもごく身近なところにある。殊に、北枕は縁起が悪いだとか、好きな人の写真を枕の下に入れて眠れば夢で逢えるだとか、睡眠に関わる迷信はどれも少しずつさびしくて印象的だ。あるいは、眠ることによって祈りが完成されるという感覚もあるのかもしれない

　そもそも、眠りと祈りはよく似ている。どちらも眼を閉じるということ。そして自分自身から浮遊し、美しい異界と交わるということ。私は生来寝つきが悪く、時には布団に入ってから何時間も眠れずただ天井の木目を眺める。そのうち、木目のあちこちに人間の顔そっくりの模様が見えるようになる。好きだったのに今では遠く離れてしまった人たちが逢いに来てくれたのだ、といつも思っていた。健やかでいてほしい。祈る生き物として、詠う生き物として、私は祈りと眠りが溶け合うような夜が好きだ。

わが眠りがまばたきをして君がゆく道にやさしい風の帆を張る

大森静佳

巻17―3940―越中赴任中の大伴家持に、都の平群氏女郎が贈った歌

万代《よろずよ》と心は解けてわが背子《せこ》が摘みし手見つつ忍びかねつも

平群氏女郎《へぐりのうじのいらつめ》

永久に続く時間へと心も解け合って、あなたがつねった私の手。その手を見ていると、恋しさに堪えられなくなりそうです。

東直子が平群氏女郎の家持に贈る歌［巻17—3940］をよむ。

ひがし・なおこ
歌人。1963年広島県生まれ。東京都在住。第7回歌壇賞受賞。歌集に『春原さんのリコーダー』『青卵』『十階』、小説に『とりつくしま』『トマト・ケチャップ・ス』ほか。現代歌人協会理事。

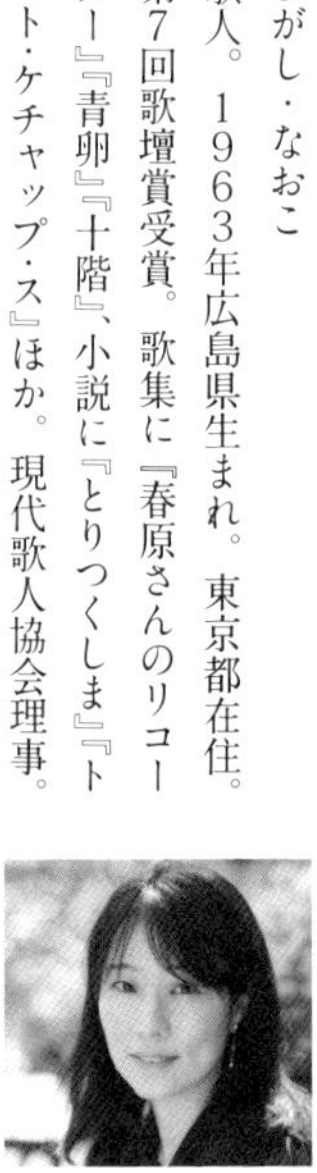

万代《よろずよ》、つまり永遠に続くと思えるほどに心を許し合った夜を一人で回想している。いとしい人が戯《たわむ》れにつねった指のあとが残る自分の手を見て、我慢できないほど恋心が募っていくのである。愛《いと》しい人がそばにいないときの切ない心情を浮き彫りにしつつ、非常に官能的な一首である。

恋愛が成就して男女が身体《からだ》を許し合うとき、心も芯から解けあっている、というこの感覚は、現代の恋愛にも通じる普遍的な感覚だと思う。そのことを、「万代と心は解けて」と、たった2句の言葉で端的に言い止めた平郡氏女郎《へぐりのうじのいらつめ》の歌は、いきなり心を鷲掴《わしづか》みにするのである。

好きな人と心身ともに一つになれたとき、この瞬間がいつまでもいつまでも続けばいいのにと誰もが願うだろう。しかし同時に、不定形の心によって成り立つ恋愛の一番よいときが、いつまでもは続かないということも経験上知ってしまっている。幸福の絶頂は、絶望の予感を喜びの裏側に貼り付けて、常に震えているのである。

幸せの瞬間が過ぎ去って、日常の時間が戻ってきたとき、その時間が夢であったかのように感じてしまう。自分の肉体にかすかに残る、愛する人の肉体の痕跡は、夢ではなかったことの貴重な証しである。他人には痣《あざ》にしか見えないものが輝いて見える。だが、大切に慈しみつつ眺めていても、その輝きもいつかは消える。永遠の瞬間は、とても儚《はかな》い。いや、儚いからこそ、一瞬の永遠を濃密に信じることができるのだ。

ずっと好き永遠に好き魂がとけあうときの指の刻印

東　直子

巻17―3954―天平18年8月7日、家持の館に集って宴をひらいた時の歌

馬並《な》めていざ打ち行かな渋谿《しぶたに》の清き磯廻《いそま》に寄する波見に

大伴家持《おおとものやかもち》

馬を並べてさあ鞭《むち》打って出掛けよう。渋谿の清らかな磯廻に寄せる波を見に。

山田 航が
家持の
渋谿の清き磯廻へ行く歌
［巻17―３９５４］をよむ。

やまだ・わたる
歌人。１９８３年札幌市生まれ・在住。第55回角川短歌賞受賞。歌集『さよならバグ・チルドレン』（ふらんす堂）で第57回現代歌人協会賞受賞。他に穂村弘との共著『世界中が夕焼け』（新潮社）。

家持が越中に赴任してちょうど1カ月経った天平18（７４６）年8月7日の宴の座での歌。部下の秦八千島《はだのやちしま》や僧の玄勝《げんしょう》による、越中の女性を花に託して誉《ほ》める歌を受けて詠んだ一首である。「渋谿《しぶたに》」という現地の地名を詠み込んで、越中の海を見に行こうと誘っている。国守という身分上、越中の風土も讃美しようという意図があったのと同時に、宴のお開きが近いことのメッセージでもある。

渋谿は現在の高岡市西部、雨晴海岸。宴のあとは実際に馬を並べて海岸へ走り、みんなで海を眺めたのだろう。夏の歌だということもあいまって、青春の香りがする。実は私は雨晴海岸に行ったことがある。社会人1年目、金沢に赴任していたとき、社員旅行が高岡だったのである。23歳の私は、仕事の理想と現実のギャップに悩み、苦しんでいた。社員旅行なんて本当は行きたくなかった。ただ、海岸線すれすれを走る氷見線の車窓風景が、故郷札幌から小樽へと向かう電車に似ていてなんとなく慰められていた。それ以来、「海岸線を走る電車」は私にとって青春の苦悩を象徴するアイテムとなった。私の歌集に『Ｒ１３４』という湘南を舞台とした連作短歌があるのだが、あれも江ノ電と氷見線と小樽の海岸線風景がごちゃ混ぜになって一つの輝かしいイメージを形成していた。

海は壮大な行き止まりだ。どこかに行くために海に行くんじゃない。そこから先へ進まないために海に行くのだ。家持だってきっとそうだったろう。どこにも行けない自分を引き受けるために、海へと走ろうとしたのだ。

並び立つ自転車すべて波に錆び僕らまばゆき隘路《あいろ》をさがす

山田　航

巻17―3959―天平18年9月25日、家持が都で長逝した弟を哀傷する歌

かからむとかねて知りせば越《こし》の海の荒磯《ありそ》の波も見せましものを　大伴家持

こうなると前から知っていたなら、越の海の波の荒い磯のその波を見せたかったものを。

光森裕樹が
家持の
長逝した弟を哀傷する歌
［巻17―3959］をよむ。

みつもり・ゆうき
歌人。1979年兵庫県生まれ。沖縄県在住。第54回角川短歌賞、第55回現代歌人協会賞受賞。第一歌集に『鈴を産むひばり』（2010年・港の人）、第二歌集に『うづまき管だより』（2012年・電子出版）。現代歌人協会会員。

弟書持《ふみもち》の死に捧げられた長歌に続く短歌である。長歌によると、越中へと向かう家持を、書持は奈良山あたりまで見送っている。2人が別れたのが「泉川」の「清き川原《かはら》」であったことが、見せたかった場所としての「荒磯」につながっているのかもしれない。雄大な光景が目に浮かぶ。

「書持が火葬され、白い雲となった」と家持が耳にしたのは、越中に赴任して3カ月とたたないうちであった。まさか、という気持ちであっただろう。死に別れることを知っていたとして、海を前に兄弟で何を語り合いたかったのだろうか。あるいは、ひたすら波の音に耳を傾けていたかったのだろうか。

それが最後であったことに、誰もが最後を通り過ぎてから気が付く。万葉の時代から繰り返されてきたことだと思うと、喉の奥にぐっと熱がこもる。

インターネットが浸透した現代では、遠く離れた人とのつながりを容易に保つことができる。学生時代の友人や、仕事をともにした友人の近況が事細かに分かる。毎日が同窓会のようだ。

昨晩も私は、携帯電話でランチの写真を撮り、そのまま友人に送って共有した。それからニュースサイトの面白い記事も、いくつか共有した。「私も食べたい！」「笑える！」とのメッセージがたくさん返ってきたことに、いつも通りの満足を感じた。

でも、そんな情報共有をどれだけ積み重ねても、荒磯の波のほんのひと波にもなり得ないのではないだろうか。何だか哀《かな》しくなって、私はそっとつぶやいてみる。かからむとかねて知りせば——呪文のようなその響きを。

白雲《しらくも》となりて荒磯《ありそ》の波を見るおとうとよ呼べ兄の名を呼べ

光森裕樹

巻17―4004

天平19年4月28日、大伴池主が、家持の立山の賦《ふ》に和して作った歌

立山《たちやま》に降り置ける雪の常夏《とこなつ》に消《け》ずて渡るは神《かむ》ながらとそ

大伴池主《おおとものいけぬし》

立山に降り積もる雪が夏の間消えず存在するのは、神そのままの姿としてであることよ。

花山周子が
大伴池主の
立山の歌
［巻17―４００４］をよむ。

はなやま・しゅうこ
歌人。１９８０年生まれ。２００７年第一歌集『屋上の人屋上の鳥』出版。翌年、同歌集で、ながらみ出版社賞受賞。短歌結社「塔」、同人誌「豊作」、「ｓａｉ」に所属。

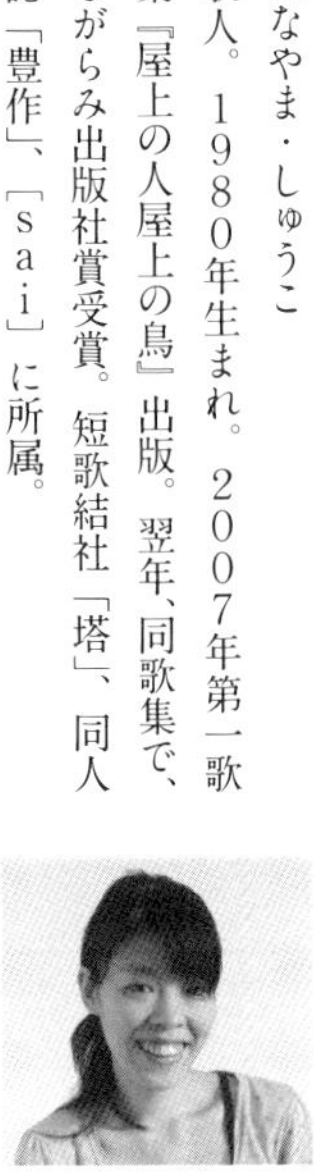

家持と同時期に都から越中掾《えっちゅうのじょう》として赴任した大伴池主の作。初めて目にする荘厳な山への敬虔《けいけん》な心情、そして何より純粋な驚きと感動が韻律によっても静かに伝わってくる。「消ずて」まで重い調子で運ばれる韻律は「渡るは」によって一気に開かれるようだ。また、「渡るは」という表現が超越的なスパンを感じさせ、「神ながらとそ」という結句に説得力を生む。

２０１０年の９月中旬、短歌仲間との合宿で富山を訪れた。私は関東の者なので、日本海側から山を望むのは初めてのことで、その雄々しい姿に新鮮な気持ちになった。昔から神の山として崇《あが》められてきたことも頷《うなず》ける。それにしても、と私は感心しながら眺めたはずのその山を思い返していた。私には山の峰に積もっていたはずの白い雪の記憶がないのであった。急いで、合宿を共にした富山在住の歌人にメールで確認した。

「立山って今でも夏に雪が積もっていますか？」

するとすぐに大変丁寧な返信をいただいた。それによると、最近立山連峰で日本で初めて氷河の存在が確認されたという。しかしそれらの氷河や雪渓は概して山の陰にあるため夏の下界から確認することは難しいらしい。また、大伴池主以前の時代には今より寒冷な気候であったため当時であれば平野からでも白い山を望めた可能性があったかもしれないとのことだった。

なるほど。私の疑問は一気に解消された。けれど、「常夏に消《け》ずて渡る」と詠《うた》われた立山の雪を見ることのできなかった私は、この歌に向かいながら、なんだか申し訳ないような気持ちになったのだった。

永遠に雪が積もっている山に永遠に神住みて動かず

花山周子

巻17―4013―天平19年9月26日、家持が放逸《ほういつ》した鷹《たか》を夢に見て作った歌

二上《ふたがみ》の彼面《おても》此面《このも》に網さして吾《あ》が待つ鷹《たか》を夢《いめ》に告げつも

大伴家持

二上山のあちらこちらに網を張って私が待つ鷹を夢に告げて
くれたことだ。

加藤治郎が
家持の
放逸する鷹の夢の歌
［巻17―4013］をよむ。

かとう・じろう
歌人。1959年愛知県生まれ。83年、未来短歌会に入会。岡井隆に師事する。歌集に『サニー・サイド・アップ』（現代歌人協会賞）、『昏睡のパラダイス』（寺山修司短歌賞）、『しんきろう』など。

「放逸《ほういつ》せる鷹を思《しの》ひて夢に見、感悦《よろこ》びて作れる」長歌と短歌四首のうちの一首。

雄大な山野での鷹狩りである。鷹の名は大黒。銀色の鈴を付けた家持自慢の鷹であった。が、こともあろうに養育係の老人が大黒を逃がしてしまう。家持は落胆する。山のあちこちに鳥網をかけたりして待った。そんなとき夢に少女が現れて、鷹は帰ってきますと告げたのである。

越中国守時代の家持ならではの作品である。都の政争、人間関係から自由になった家持は野を駆け巡る。都に生きる恋多き青年の面影は薄い。むしろ武門たる大伴家の顔が見えてくるではないか。

そして、夢に少女が現れるところから、詩人の顔となる。幻想的で優美な世界である。鷹は早ければ２日、遅くとも７日後には帰ってきますというお告げは、切々とした家持の願いであった。

思えば、夢に現れるとは恋である。かくまで大黒を思うのは、単に秀でた鷹であるからではない。大空を飛び回る鷹は気高い。自由でありながら主君に仕えることを忘れない。家持は自分のあるべき姿を見ていたのだろう。鷹は己の魂であった。

この長歌が「大君の遠《とお》の朝廷《みかど》そ」という雄渾《ゆうこん》な歌い出しであることに、家持の覚悟が表れている。

現代の青年が鷹と斬《き》り結ぶことはない。青年は自分を何者と考え、何を信じて生きるのか。切実に結ばれるものを求める心すらないのかもしれない。青年は街を彷徨《さまよ》う。

夢に来て少女は告げる文鳥の嘴《くちばし》の色みてごらんなさい

加藤治郎

巻17—4017

高市黒人が婦負野を詠んだ旅の歌

高市連黒人《たけちのむらじくろひと》の歌一首、年月審《つばひ》らかならず

婦《め》負《い》の野の 薄《すすき》押し靡《な》べ降る雪に宿借《やどか》る今日し悲しく思ほゆ

高市黒人

婦《ね》負《い》の野の薄を押し倒すばかりに降る雪の中に、一夜の宿を借りる今日こそ悲しく思われることよ。

永井祐が高市黒人の婦負野の旅の歌［巻17―4016］をよむ。

ながい・ゆう
歌人。1981年、東京都生まれ。2012年5月、第一歌集『日本の中でたのしく暮らす』（BookPark）を刊行。

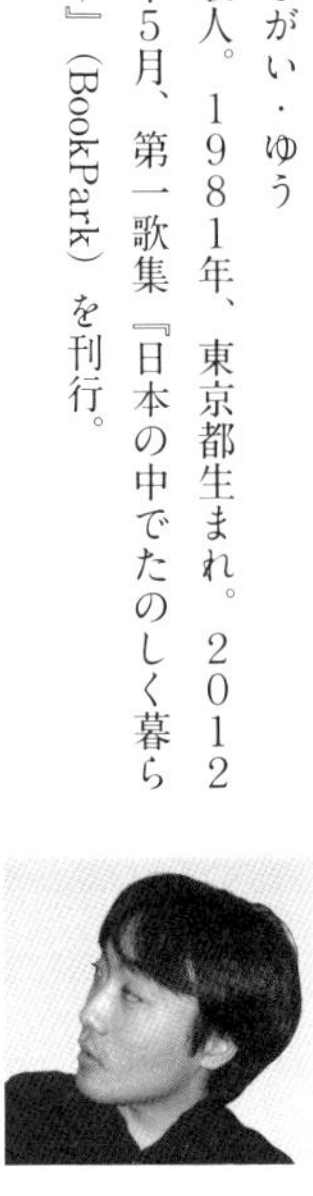

「婦負《めい》の野」は富山市からその南にかけて現在も婦負《ねい》の名前で呼ばれる地域の原野である。一首は、まず「めいののの」、「の」が三つも続く初句がとても印象的で、擬音とまでは言えなくても、雪の降るさまにイメージの上で遠くつながっているようだ。その雪に薄《すすき》が倒されていく。美しい景だけれど、倒れる薄は悲しくもある。いずれは滅びる運命にある人間やこの世のもののすべてを、そこに見てもいい。軽い軽い雪が少しずつ重なっていって、薄の立つ力を押しつぶしてしまう。

ある意味で苛酷《かこく》なこんな光景を前にして、黒人は「悲しく思」いながらも、不思議な安堵《あんど》感を覚えているように思う。今日はここに泊まって、この残酷だけれど宇宙的な調和の中で眠る。そこは魂のふるさとなのだ。

　こんな光景をわたしは見たことがあるのかなと考えると、どうも思い当たらない。と同時に毎日見ているような、一分一秒ごとに、薄を倒しながら永遠に降り続く雪の存在を感じているような気もする。きっと現代における無常感みたいなものは、ちりちりばらばらになってありとあらゆるところに分散して張り巡らされて、だからこうしてノートパソコンを打っている間にも、こめかみの横に開いている別の時空には、そんな雪が降り続けている。

　そしてわたしもそこにちょっとした「ふるさと感」を感じることができる。「宿借る今日」は毎日であり、「悲し」い気分には常時接続だ。消極的な意味ではけしてなく、わたしたちには魂が引きこもるための、広大で雪の降り続ける場所が必要なのだろう。

雪がふる広いところに引きこもる　コンクリで雪がつぶれ続ける

永井　祐

巻17—4021 — 天平20年春、家持が出挙《すいこ》による諸郡巡行の際に詠んだ歌

砺《と》波《なみ》郡の雄《お》神川《がみがわ》の辺《ほとり》にして作れる歌一首

雄《お》神川《がみがわ》紅《くれない》にほふ少女《おとめ》らし葦附《あしつき》〔水松の類〕採《と》ると瀬に立たすらし　大伴家持

雄神川が紅色に照り映えている。娘たちがアシツキを採ろうと瀬に立っているらしい。（雄神川は現在の庄川、葦付＝アシツキは清流に育つ食用の藻）

荻原裕幸が
家持の
雄神川の辺の葦附の歌
［巻17―4021］をよむ。

おぎはら・ひろゆき
歌人。1962年生まれ。名古屋市在住。第30回短歌研究新人賞受賞。2005年度名古屋市芸術奨励賞受賞。歌集に「青年霊歌」「あるまじろん」「デジタル・ビスケット」ほか。

食用の藻を採っている少女の姿を、川のほとりから眺め、その明るさやあでやかさにこころを弾ませているところか。「紅」は彼女らの服装によるものだろうが、容貌や内面までをも映し出しているように思う。初句から三句まで、句ごとに短く切れるリズムは、えも言われぬビビッドな情景に高揚する、作者の心情がかたちになったものだろう。「雄神川《おがみがわ》」の名をはっきり入れたことで、一首に神話的な美しさも与えているようだ。

現代人ならば、早速これを写真や動画などに撮って、ネットに掲示するといった感覚に近いのかも知れない。ユーチューブで10万アクセスを得る、というたとえが適切かどうかはさだかではないものの、そうした現在の巷《ちまた》の表現に近い楽しさやちからが、この時代の短歌にはあったのではないかと推察する。

いつの世も、美しい人の姿に胸をときめかせるのは同じはずだ。ただ、文芸や短歌の歴史には、そうした素直なきもちを表に出すことを、何かしらためらわせる流れがある。ときめきを、ともすればかげりのあるアングルから捉え、多くは悲恋につながるものとして描いてきた。

素直さと浅ましさとは、似て非なるものなのに、どこかで同一視されてしまうからだろうか。文芸や複雑きわまる現代社会に文句を言ってもしかたないが、万葉集にこころが洗われると感じるのは、こうしたストレートな表現に出会うときである。

女神だなんてなんと陳腐な褒《ほ》め方かけれど女神がゆく夏の浜

荻原裕幸

巻17―4029―天平20年春、家持が出挙《すいこ》による諸郡巡行の際に詠んだ歌

珠洲《すず》郡より発船《ふなだち》して治布《ちふ》に還りし時に、長浜《ながはま》の湾《うら》に泊《は》てて、月の光を仰ぎ見て作れる歌一首

珠洲の海に朝開きして漕ぎ来《く》れば長浜の浦《うら》に月照りにけり　大伴家持

珠洲の海から、朝船出して漕ぎ出して来ると、長浜の浦には月が照っていたことだ。

松村由利子が
家持の
船出して月を仰ぎ見る歌
［巻17―４０２９］をよむ。

まつむら・ゆりこ
歌人。１９６０年福岡県生まれ。沖縄県・石垣島在住。歌集に『鳥女』『大女伝説』（葛原妙子賞）のほか『与謝野晶子』『31文字のなかの科学』などの著書がある。子どもの本の翻訳にも携わる。

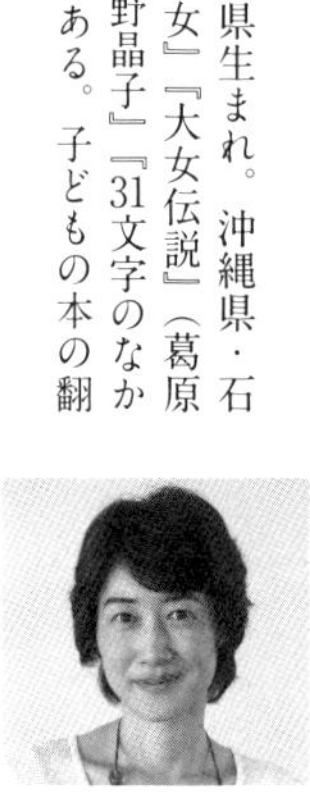

この歌は出挙《すいこ》のための巡行の際に作られた。出挙とは、国府が農民に稲を貸し付け、秋の収穫時に利子を付けて返済させる融資の一種であり、税収を確保する重要な仕事だった。

実は前年の春、家持は１カ月以上大病を患い、巡行に赴くことがかなわなかった。歌の伸びやかさは、初の大仕事をやり遂げた若き国守の達成感そのものだろう。どこか安堵《あんど》に似た思いも漂う一首である。

家持が越中守《えっちゅうのかみ》として赴任したのは、20代の終わりであった。同じ年代の若者が、今こうした達成感を抱く機会がどれほどあるだろうかと、ふと思う。近年、日本の若年失業率は全世代平均の倍近く高い状態が続いている。働いていても不本意な条件に甘んじている場合は少なくないだろう。こうした閉塞《へいそく》感に満ちた時代に、「朝を開く」気概を若者に求めるのは酷である。

夜明けを待って船出する「朝開き」という美しい言葉と出会ったのは、小学4年生のころ、「ナルニア国ものがたり」の第3巻『朝びらき丸　東の海へ』を読んだときだった。訳者は、『ホビットの冒険』をはじめ数々の優れた作品を翻訳した瀬田貞二である。彼が中村草田男に師事し、俳誌「万緑」の初代編集長を務めた俳人であったことを知れば、「朝びらき丸」の名訳にも合点がゆく。戦後まもない時代に児童文学の確立に尽力した瀬田もまた、朝の海へ漕ぎ出す心境で子どもの本に関わったのではないか。

「朝開き」という言葉を、その心躍りと共に次の世代に手渡せたら、と切に思う。

朝の海へ漕ぎ出すこころ逸《はや》りつつ月とあなたの待つ港へと

松村由利子

巻18―4067―天平20年4月1日、久米広縄《くめのひろなわ》の館で家持らとの宴で詠んだ歌

二上《ふたがみ》の山に隠《こも》れるほととぎす今も鳴かぬか君に聞かせむ

遊行女婦《うかれめ》土師《はにし》

二上山にまだ隠っているほととぎすよ。たとえば今、鳴いてくれないものだろうか。わが君にお聞かせしましょう。

篠田公夫が遊行女婦土師のホトトギスを待つ歌
［巻18―4067］をよむ。

しのだ・きみお
1968年富山県生まれ。富山市在住。「弦短歌会」所属、故辺見じゅん氏に師事。「弦」編集委員。

遊行女婦《うかれめ》とは天平時代、官人たちの宴席にはべり、詩歌音曲を奏でた女性のことで、いわば接待のプロ。越中万葉には土師《はにし》や蒲生という遊行女婦が登場する。遊女を連想させる名称だがそうではない。

天平20年4月1日に、大伴家持らを招いた久米広縄《くめのひろなわ》邸での宴は「ホトトギスの初鳴きを楽しむ会」というところか。しかし野鳥が人の都合に合わせて鳴いてくれるものでもない。土師の歌は「ホトトギスは隠れているだけ」と客たちのがっかりムードを和ませ、同時に「あなたもまだこれからよ」と家持を励ましているようにも思える。

家持はホトトギスの初鳴きにかなりこだわりが強かったようだ

が、遊行女婦土師の宴席での好プレーの裏側には、こういった家持の嗜好を理解する聡明さが必要だったろう。現代でも悪いムードを転じる女性の一言はとても重要である。

自分たちの宴席の場合を想像してみた。毎年、会社の忘年会ではビンゴの司会をしている。ご存知の通りあのゲームに戦略性はない。すべての要素は「運」だ。それでも決まって「なぜ自分だけ開かない」とか「6を出せ」といった司会者への無理難題。自分の運を人の責任にできる数少ないゲームなのだ。どうせ当たっても賞品はハンドタオルセットだと分かっているのに、そこには一年の憂さ晴らしと来年の運試しという期待が詰まっている。万葉の官人たちの気持ちも、こんな時のサラリーマンと同じではないだろうか。

それにしても、代わってもらえるなら、ビンゴの司会は優しい女性がいい。「次に絶対出ますよ！　部長」土師のような一言で、おじさんたちが元気になる。

ネギなしの鴨すら来ない担当の神様不在が主な原因

篠田公夫

巻18—4081

天平21年、都の坂上郎女が、越中の家持に贈《おく》った歌

片思《かたおもい》を馬にふつまに負《おお》せ持て越辺《こしべ》に遣《や》らば人かたはむかも

大伴坂上郎女《おおとものさかのうえのいらつめ》

わたしの片思いをすべて馬に背負わせて、越の国のあたりにやったら、人は心を寄せてくれるでしょうか。

田中 槐が
坂上郎女の
越中の家持に贈る歌
［巻18―4081］をよむ。

たなか・えんじゅ
歌人。1960年静岡県生まれ。東京都在住。「未来短歌会」所属、岡井隆に師事。「短歌研究新人賞」受賞。歌集に『ギャザー』『サンボリ酢ム』など。

photo by imura kazha

坂上郎女《さかのうえのいらつめ》は大伴家の女大黒柱とでもいうべき存在。家事をつかさどり、刀自《とじ》として一族を取り仕切る、いわば親戚の中でもとびきり怖いおばちゃんなのだ。家持はその娘婿。越中国に単身赴任中の家持への思いを、娘になりかわってうたっている。

「かたはむ」には諸説あるので解釈が難しいのだが、片思いの募る気持ちを馬にどっさり背負わせて、越の国にいるあなたのもとへと送ったならば、誰か手助けをしてくださるでしょうか、というほどの意味に受けとっておく。

万葉の時代、馬は旅の伴《とも》であり、当然ながら荷物も馬が運んだ。

都から越中まで、どれくらいかかったのだろう。たぶん気の遠くなるような時間（延喜式では９日間の行程とされる）であり、途中で事故や盗賊に襲われるようなこともあり、届かないことも多かったにちがいない。それが昨今の優秀な宅配便は、１日程度で全国どこへでも届けてしまう。

とはいえ、速く届けば報われるわけではないのが恋だ。遠く離れて暮らす二人にとって、直接逢《あ》って思いを伝えることのできないもどかしさは、今も変わらぬ相聞歌のテーマの一つだろう。

さて、恋しいひとに送る荷物には、何を入れよう。相手のことを思いながら、あれこれ見繕ったり悩んだりする時間も楽しいものだ。物だけでなく、逢いたい気持ちをダイレクトに送ることができたらいいのに。そう、クール便で鮮魚だって送ることのできる時代に、そしてテレビ電話が現実となっても、遠距離カップルの憂いはなくならないのだ。

ため息は危険物かも逢ひたさをそらみつ大和のクロネコに乗せ

田中　槐

巻18—4097—天平感宝元年5月12日、家持が陸奥国より金が出た詔書《みことのり》を祝した歌

天皇《すめろき》の御代《みよ》栄えむと東《あずま》なるみちのく山に金花《くがねばな》咲く

大伴家持

天皇の御代が繁栄するだろうといって、東国のみちのくに黄金の花が咲くことよ。

笹公人が
家持の
金が出た詔書を祝う歌
［巻18―4097］をよむ。

ささ・きみひと
歌人。1975年東京生まれ。歌集に『念力家族』『念力図鑑』『抒情の奇妙な冒険』。他に『連句遊戯』（和田誠氏との共著）、『遊星ハグルマ装置』（朱川湊人氏との共著）など。「未来」選者。

聖武天皇によって東大寺の大仏が造られていた時のこと。大仏は仕上げの段階に入っていたが、鍍金《めっき》用の金が不足し、完成が危ぶまれていた。

そのタイミングで、涌谷《わくや》から日本で初めてとなる黄金（砂金）が産出され、陸奥国守《むつのかみ》百済王敬福《くだらのこにきしのきょうふく》によって献上された。この砂金によって大仏は完成したのである。

家持はこの出来事を天皇の御代が永遠に栄える瑞象《ずいしょう》であると感じ、祝いの歌を詠んだ。こんな奇跡が起これば、家持ならずとも誰もが「天皇は（強運を）持ってる！」と驚いたことだろう。

この歌では、「金花《くがねばな》咲く」という比喩で金が産出されたことへの喜びが詠まれている。大仏建立によって凄《すさ》まじい経済波及効果（約1兆246億円）が生まれたようだが、それ以外にも砂金の発見という大きな副産物がもたらされたことになる。まさに大仏様様である。

　砂金といっても、大仏の体中に塗りたくれるだけの大量の金である。その重さ約13キログラム。暗黒舞踏系のアングラ劇団員が体に塗りたくる金粉の量とはわけが違うのである。

　それにしてもできすぎた話である。もしかしたら敬福は、砂金を探すにあたって、修験者や霊媒を総動員して、彼らの神秘的な力を借りたのではないだろうか。現代に置き換えるならば、ユリ・ゲラーのような超能力者をたくさん呼び集めてプロジェクトチームを結成し、埋蔵金の在り処《か》を探すという往年の木曜スペシャル的な作戦である。

　このタイミングの良さを考えると、そんな想像もかきたてられるのだ。

天皇は持っていますぞ！　大仏が黄金の雨浴びはじめたり

笹　公人

巻18—4104

天平感宝元年5月14日、家持の真珠を願う歌

吾妹《わぎも》子《こ》が心慰《なぐさ》に遣《や》らんため沖つ島なる白玉もがも

大伴家持

わが妻の心の慰めに贈るために海の沖の島にある真珠がほしいものだよ。

大松達知が
家持の
真珠を願う歌
［巻18―4104］をよむ。

おおまつ・たつはる
歌人。1970年東京都生まれ。90年、短歌結社「コスモス短歌会」入会。現在、選者・編集委員。「棧橋」同人。歌集に『フリカティブ』『スクールナイト』『アスタリスク』がある。

「沖つ島」は輪島市北方の舳《へ》倉《ぐら》島かとも言われる。「白玉」は真珠の古名。「もがも」は、～があるといいなあ、の意。

当時、能登半島北端・珠洲の海女が真珠を取ることがあったようだ。〈鰒珠《あわびだま》〉の表記もあるとおり、本来の天然真珠はアワビの内部で形成される。それを家持は奈良の都に残した妻に贈りたいと言った。当時でさえ貴重品のはずだが、家持は五百個も欲しいと長歌で言う。妻・坂上《さかのうえの》大嬢《おおおとめ》を思う圧倒的な気持ちと、ひるがえって自分の寂しさを読みとることができる。

古歌を読む際に最も厄介なのが、当時と現在の距離と時間の感覚の違いである。特に都を離れて暮らす心理的隔絶感は、パソコンなどの通信網が整った今では想像しがたい。

私はちょうど20年前の今ごろ米国留学中だった。初めて東京から離れて中西部の人口20万人の町に住んだ。（そこで多少は地方都市からの視点を得ただろうか）。電子メールもテレビ電話も登場前。日本に残した彼女とは手紙と電話でやりとりしたものだ。ときおり大学の生協のものを小包で送った。真珠を買うお金はなかった。

そうした経験からすると、家持の気持ちはわかる気がする。それは時代がいくら変わっても、人が人を遠くから思い、自分の気持ちを現地の物品に託してなんとかして贈ろうとする気持ちだ。家持は贅沢《ぜいたく》を言ったのではないだろう。妻に会いたくて狂わんとする気持ちを「もがも」に託した絶唱なのだと思う。

ちなみに、その冬のアメリカから贈ったクマのぬいぐるみは、現在、わが家で妻と子と私を見つめてくれている。

あのときに贈れなかつた白玉をいまだ贈れず四十過ぎても

大松達知

巻4―729*

坂上大嬢が大伴家持にこたえて贈る歌

玉ならば手にも巻かむをうつせみの世の人なれば手に巻きがたし

大伴坂上大嬢《おおとものさかのうえのおおおとめ》

あなたが玉であったなら紐に通して手に巻き肌身離さずいられたろうに、現実にはこの世の人であるために手に巻くことはむずかしいのです。（*越中万葉には大嬢の歌はありません。家持越中赴任以前の相聞歌の一首を、とくに取り上げました）

天野慶が坂上大嬢の家持に贈れる歌［巻4—729］をよむ。

大伴坂上大嬢《おおとものさかのうえのおおおとめ》は可愛《かわい》い。

相聞だけで構成される万葉集の巻4には、のちに夫となる家持と交わしたたくさんの歌が残されている。恋に悩む心を打ち明け、いつまた会えるのか不安になり、毎日でも会いたいと詠む。羨《うらや》ましいほどストレートに感情を伝えている。

そしてこの「玉ならば」の歌。貴方《あなた》が宝石だったら、腕に巻いていつでもそばにいられるのに、人間だからそうもいかないのが残念だわ、とすねてみせる。恋人が宝石だったら、なんてまさに恋の真ん中でしか思わないようなスイートな言葉！　こんなに上手に恋心を伝えることのできる大嬢は絶対に可愛い女性に違いない。

あまの・けい
歌人。1979年生まれ。奈良県在住。主な著書に、『百人一首百うたがたり』『だめだめママだめ！』（絵・はまのゆか）など。『はじめての百人一首』考案。

大嬢はとても素直に歌を詠んでいる〈相手があの〈かささぎの渡せる橋に置く霜の白きを見れば夜ぞふけにける〉と詠んだロマンチストな家持だからなのかもしれないが〉。だからこそ、万葉の時代と現代の気持ちの変わらなさに驚かされる。

〈必要のない尻尾とか感情は進化の過程で消してしまおう〉という歌を作ったのは私が19歳の時だった。家持が浮気をして大嬢が嫉妬する歌を詠むと「ああ、どれだけ科学が進歩して、スマートホンで何でもできる時代になっても、大嬢の時代と人の心はちっとも変わっていない。むしろコミュニケーション能力については退化しているのかも」としみじみしてしまう。

この調子だときっと千年後の人間も恋に落ちたときは大嬢の「玉ならば」の歌に共感し、「私もアクセサリーにして身に着けたいわ」なんて言いながら恋人の写真を３Ｄ映像に加工して、ブレスレットの液晶ビジョンで眺めて微笑《ほほえ》むのかもしれない。

宝石になってよ　わたしの腕に巻き24時間愛でてあげるよ

天野　慶

巻18—4114

天平感宝元年閏《うるう》5月26日、家持が庭中《にわなか》の花を見て作った歌

石竹花《なでしこ》が花見るごとに少女《おとめ》らが笑《え》まひのにほひ思ほゆるかも　大伴家持

石竹花の花を見るたびに、少女らの笑顔の美しさが思われることだなあ。

前田康子が家持の庭中のなでしこの歌［巻18―４１１４］をよむ。

まえだ・やすこ
歌人。１９６６年兵庫県生まれ。京都市在住。武庫川女子大在学中に「塔」短歌会に入会。現在「塔」編集委員。歌集に『ねむそうな木』『キンノエノコロ』『色水』『黄あやめの頃』。

この一首は４１１３番の長歌の反歌として作られた一首である。越の国に来て5年、都のことを恋しく思いつつ、庭に植えている花々。その花はまた、妻、離れて暮らす坂上大嬢《さかのうえのおおおとめ》の面影でもある。「にほひ」とは輝くようなうつくしさ。「少女ら」の「ら」は「等」ではなく親しみをこめた言い方なのである。

家持がなでしこを詠んだ歌は他にもあり、万葉歌人の中でもなでしこを愛した一人である。万葉集に20首以上詠まれているなでしこは、今でいう「河原なでしこ」で、細い茎がすっと伸びた先に小さな薄桃色の花が咲く。万葉集では野に咲いているものを詠んでいるのもあれば、家持のように庭先に植えたなでしこを詠んでいるものもある。

さて、なでしこを探しに外へ行ってみると、私の近くでは「虫取りなでしこ」がたくさん咲いている。強いピンク色で食虫植物ではないが、茎にべたべたした所があり虫が付くようになっている。もしも古《いにしえ》の時代にこの花を庭先に植えていたらどうだろう。虫取りなでしこを植えているということは悪い虫がつかないように母親が見張っているのではと、訪ねてきた男性が恐れるかもしれない。

また、「伊勢なでしこ」という花を見たことがある。京都の町の植え込みに突然その花は植わっていた。色は優しいピンクだが花弁のかたちがとても変わっている。ソバージュの髪のように縮れて長く下がっていて少し不気味な花だ。古の時代にこの花を植えていたらどうだろう。男を待っている執念深い女の家のように思われるかもしれない。

待つことに耐えて伸びたる髪のごと伊勢なでしこの花弁《はなびら》は垂る　前田康子

巻18―4134―天平勝宝元年12月、家持の雪月梅花を詠む歌

宴席に雪、月、梅の花を詠める歌一首

雪の上に照れる月夜《つくよ》に梅の花折りて贈らむ愛《は》しき児《こ》もがも　大伴家持

雪の上に月が輝いている夜、梅の花を折って贈るような愛する人がいればいいなあ。

江戸 雪が
家持の
雪月梅花の歌
［巻18―4134］をよむ。

えど・ゆき
歌人。大阪府生まれ。歌集に『百合オイル』、『椿夜』（咲くやこの花賞、ながらみ現代短歌賞）、『Ｄｏｏｒ』『駒鳥（ロビン）』。入門書『今日から歌人！』。「塔」編集委員。

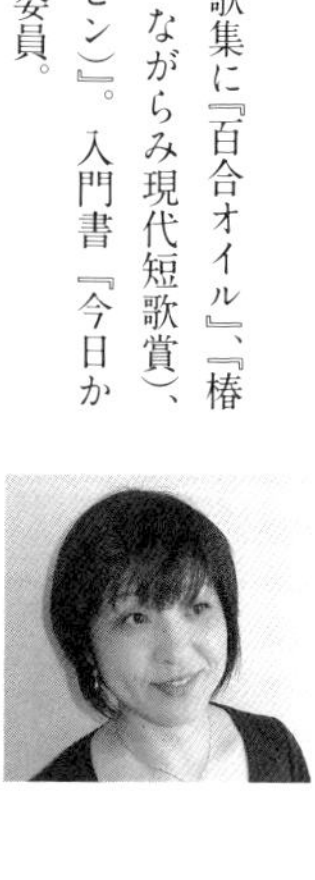

家持のこの歌は雪・月・花という風雅なものを組み合わせられた和歌史上最初のものとされる。「雪月花《せつげつか》」といえば、白居易《はくきょい》の詩「寄殷協律《いんきょうりつによす》」の一句「雪月花時最憶君（雪月花の時　最も君を憶《おも》ふ）」を思い出す。けれど白居易の詩は８２５（宝暦元）年の作と考えられており、家持の歌は７４９（天平勝宝元）年のものとされる。つまり家持はあの白居易よりも80年近くも前に雪・月・花の美意識に魅せられ、歌に詠んでいたのだ。

賑《にぎ》やかな京の都を離れ、家持は越中の国守として自然のなかで暮らすようになった。その環境の大きな変化によって、家持は風物をより鋭く感じることができたのではないか。そしてその体感があったからこそ、雪・月・花の美意識を確立することができたのだとおもう。

この歌では、花をおくるべき相手は存在しない。そこがまたいい。恋人の不在は、哀《かな》しく寂しいけれど、雪・月・花の美しさには憂いを施す。艶やかな景色を読者は脳裏に描くだろう。

寒い冬、よく空を見上げる。曇天のときはその雲の分厚さをおもい、ときおり差し込む陽射《ひざ》しの角度や光度を眺める。晴れだったらその透明をどこまでも見つめる。そしてなによりも冬の夜空の白い雲。その白雲が月に照らされ妖しくかがやくさまは見飽きることはない。

私はぶあついコートで身体《からだ》を覆っているけれど、空は真裸《まっぱだか》だ。冷たい空気に曝《さら》されている。曝されているものは、傷つくことも怖れずただそこにあって美しい。そして私は、そんな恋がしたい。

月の夜の雲は花びら　触れようとする君の手にとどく粉雪

江戸　雪

巻19—4139 — 天平勝宝2年3月1日の暮れに春の苑の桃李をながめて作った歌

春の苑《その》紅《くれない》にほふ桃の花下照《したで》る道に出で立つ少女《おとめ》

大伴家持

春の園が紅に照り映えている。桃の花が咲き、その色が樹下まで輝く道に、立ち現れる乙女がいる。

穂村弘が
家持の
春苑桃李の少女の歌
［巻19―4139］をよむ。

ほむら・ひろし
歌人。1962年北海道生まれ。歌集『シンジケート』でデビュー。『短歌の友人』で第19回伊藤整文学賞を受賞。ほむらひろし名義で絵本の翻訳も手がける。近刊に『世界中が夕焼け　穂村弘の短歌の秘密』（共著）など。

越中秀吟と呼ばれる連作の冒頭に置かれた家持の代表歌である。作中の「少女」が瑞々《みずみず》しい存在感に溢《あふ》れている。彼女はいったい何者だったのか、知りたいと思うのだが、その正体については諸説あるらしい。都から来た妻の坂上大嬢《さかのうえのおおおとめ》という説。偶然出会った地元の娘という説。理想の女性の幻影という説。先日教えて貰《もら》ったのは、中国風の絵画をみて詠んだんじゃないか、という説である。へえ、と思った。

仮に幻影とか絵画とかの場合、「少女」はもともと3次元の存在ではないことになる。なるほど彼女の、余りにも眩《まぶ》しくて、目の前にありながら奇妙に遠いような、触ろうとすると手が届かないような、そんな存在感は次元の異なる者の証《あかし》かもしれない。そう思うと、不思議なことに、一層生き生きと魅力的に感じられてくる。

昭和50年代に小椋佳の「揺れるまなざし」という歌が流行《はや》ったことがある。確か資生堂のコマーシャルソングだった。その中に「めぐり逢《あ》ったのは　夢に見た人ではなく　思い出の人でもない　不思議な揺れるまなざし」というフレーズがあって、銀縁眼鏡の中学生だった私はそれを聴くたびにどきどきした。生身のどんな女性ともまだ知り合ったことがない癖《くせ》に、と突っ込みを入れたくなるが、そんな自分だからこそ、ときめいたのかもしれない。想像を超えたおそるべき出会いへの憧れ。50歳になった今も、自分の裡《うち》にその感覚が消えていないのを感じる。

目の前の老婆きゅるきゅる若返り少女生《あ》れたり桃の花の下

穂村　弘

巻19―4140―天平勝宝2年3月1日の暮れに春の苑の桃李をながめて作った歌

わが園の李《すもも》の花か庭に降るはだれのいまだ残りたるかも

大伴家持

わたしの家の庭の李の落花なのか、それともいまだ、斑《まだら》に雪が解け残っているのだろうか。

山川藍が
家持の
春苑桃李の歌
［巻19―4140］をよむ。

やまかわ・あい

歌人。1980年愛知県名古屋市生まれ。短歌結社「まひる野」所属。2011年、連作「R―28 きわめて一般的な正社員（女性）」でまひる野賞受賞。

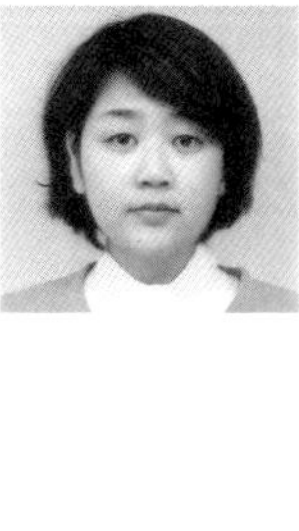

万葉集巻19の巻頭「春の苑の桃李《ももすもも》の花をながめて作れる歌二首」の2首目。「はだれ」はここでは薄く残った雪のこと。李の花びらは白くて小さく、遠目に雪と見《み》紛《まが》うこともありそうだ。紅と白の取り合わせがあでやかな桃李は当時の漢詩に頻出し、最先端の学問、また都会の象徴だったろう。

家持は都から赴任して淋《さび》しい思いをしたようだが、生涯に作った歌の半数以上はこの時期のものであり歌人として絶頂期であった。

越中の気候や環境から、この歌は実際の光景ではないという話がある。その可能性はあると思うが、花びらと雪を見定める家持のたしかな視線を感じる。頭の中にこれぞという庭があり、それを眼前にあるのと同じく「見て」歌ったのだと思う。万葉集に李の花の歌はこの1首のみである。

白い花びらと言えば、子供のころ住んでいた家の庭に泰山木があった。背は高く葉も大きく、花びらは女性が片手をくぼめたくらいの形と大きさ。雨の後などそれが庭に落ちて、泥の上にぽこぽこと白いものが盛り上がっていた。永久にそこで暮らすのだと思いこんでいたが、小学校卒業と同時に引っ越した。新しい土地にはコブシやモクレンが多く、白い大きな花を見るたびにはっとした。そしてついによその庭に泰山木を見つけた時は、なぜか、ありえないものを押しつけられたような不快感をおぼえたのだった。

あれから20年経《た》ち、実はまた同じ場所に住んでいる。私の頭の中にはかつての庭がそのまま残っているようだ。泰山木を見ると無意識に自分の中の「本物」の木と照合し、答え合わせをしている感覚はまだある。

私《わたくし》の頭の中をはみ出してふる花びらを雪だと思う

山川　藍

巻19―4141―天平勝宝2年3月1日、家持の飛翔する鴫の歌

飛び翔《かけ》る鴫《しぎ》を見て作れる歌一首

春まけて物悲しきにさ夜更けて羽振《はぶ》き鳴く鴫《しぎ》誰《た》が田にか住む　大伴家持

心待ちにしていた春になって、何かと心が悲しいのに、夜更けになって羽ばたくシギはどこの田に住むものか。

俵万智が
家持の
飛翔する鴫の歌
［巻19―4141］をよむ。

たわら・まち
歌人。1962年大阪生まれ。歌集に『サラダ記念日』（現代歌人協会賞）、『プーさんの鼻』（若山牧水賞）ほか。近刊に、絵本『富士山うたごよみ』入門書『短歌のレシピ』など。

春が深まりもの悲しい私と、夜が更けて求愛の行動をするシギ。「春まけて」と「さ夜更けて」、「物悲しきに」と「羽振き鳴く」が、きれいに対応していることからも、シギに感情移入しつつ我《わ》が身をそこに重ね合わせた一首と読める。多くの解釈は「誰が田にか住む」をシギへの呼びかけとしているが、家持自身への問いかけでもあるのではないかと私は思う。

北という帰る場所を持ちつつも、今しばらくこの地にとどまっているシギ。越中に愛着を覚えつつも、都への望郷の念を抱く家持。「シギよおまえは誰の田んぼに住んでいるんだ」という結句は、すなわち「私の居場所は一体どこなんだ」という自問なのではないだろうか。さらに言えば、翼を持つシギをうらやましいという心も感じられる。翼を持たない自分……それが春愁の一因でもあるだろう。

目の前の生き物に、過度な思い入れをするときというのは、心が弱っていることが多いような気がする。東日本大震災の直後、余震と原発が落ち着くまでと思い、私は一人息子を連れて、当時住んでいた仙台を離れた。避難先で、たまたま見たテレビに、カエルの親が敵から卵を守る様子が映り、思わず落涙してしまった。普段だったら「へえ、すごいね」と思うくらいのことだろう。番組の流れからいっても、泣くような場面ではないはずだ。

だが、その時の私は違った。「今の自分は、これだ」と思い、カエルから目が離せなかった。シギに感情移入する家持の、心の闇をあらためて思う。

春の日の愁いは深しここでないどこかを思う鳥も私も

俵　万智

巻19―4143―天平勝宝2年3月2日、家持のかたかごの花の歌

堅香子《かたかご》草の花を攀《よ》ぢ折る歌一首

もののふの八十《やそ》娘子《をとめ》らが汲《く》み乱《まが》ふ寺井の上の堅香子《かたかご》の花

大伴家持

たくさんの少女たちが入り乱れて水を汲んでいる。そんな寺の泉のほとりに咲くかたかごの花よ。

高島 裕が
家持の
かたかごの花の歌
［巻19―4143］をよむ。

たかしま・ゆたか

歌人。1967年富山県生まれ。95年上京、作歌を始める。第一歌集『旧制度』で、ながらみ書房出版賞受賞。2003年帰郷。13年第五歌集『饕餮（とうてつ）の家』で、寺山修司短歌賞受賞。個人誌「黒日傘」発行。

入れ替わり立ち替わり水を汲みにやってくる少女たちの楽しげなざわめきと、そのかたわらに静かに咲き群れているかたかごの可憐《かれん》な花との対照が、清らに美しい。かたかごの花は、少女たちの動に対する静であるが、少女そのものの象徴でもある。「もののふの」という武人的、男性的な枕詞《ことば》から始めて少女と花を歌う展開が、一首に豊かな起伏を生んでいる。「八十娘子」「汲み乱《まが》ふ」という短い表現で情景を描き切っているのも見事だ。

9年前に帰郷した私は、ふるさと越中で遠い昔に詠まれたこの歌に憧れ、雪解け間もない近所の丘に出かけて、瑞々《みずみず》しく群れ咲くかたかごの花を見た。年老いた母を連れて、土筆《つくし》を摘みながら歩いて帰ったのも、思い出深い。

さて、近年注目を集めている女性アイドルグループにみるように、たくさんの少女たち――「八十娘子ら」の華やぎを愛《め》でる心は、万葉の昔も平成の今も変わらない。だから、この歌の情景は、１２００年以上経った今の私たちにも、鮮やかに、いきいきと伝わってくる。

だが、少女たちが水を汲みにやってくる光景は、現在の日本にはもう無い。水道が整備され、井戸が消えていったのが第一の理由だが、それだけではない。水汲みに限らず、そもそも少女たちが、家事労働の担い手ではなくなったのだ。それはもちろん、学校教育の普及と高度化による。

今の少女たちのイメージは、家事や仕事ではなく、教室や部活や制服などに彩られている。この差は大きい。貧しい中、働き手として汗を流していた万葉の少女たちの美しさを、私たちは知らないのだ。

重き水、頭に載せて運びゆくアフリカ少女《おとめ》／かたかごの花

高島　裕

巻19―4150―天平勝宝2年3月3日、家持の舟人の唄を聞く歌

江《かわ》を泝《さかのぼ》る舟人《ふなびと》の唱《うた》を遥《はる》かに聞く歌一首

朝床《あさとこ》に聞けば遥けし射水川《いみずがわ》朝漕《こ》ぎしつつ唱ふ舟人

大伴家持

朝の寝床で聞けば、遥かに聞こえてくる。射水川で、朝、舟を漕ぎながら歌う舟人の声が。

岡田幸生が
家持の
舟人の唄を聞く歌
［巻19―4150］をよむ。

おかだ・ゆきお
歌人・俳人。1962年氷見市生まれ。句集に『無伴奏』、アンソロジー『三つかぞえて―めくってびっくり俳句絵本（5）』（村井康司編）など。

いい歌だと思う。調べがいい。短歌は音のつらなりなので、調べがかなめ。歌の意味は調べのあとからついてくる。

意味でいえば「朝床に聞けば遥けし」で切れる。しかし調べにまかせて「射水川」まで続けて読んでしまうことになるだろう。すると「射水川」のあとに余韻が生じる。霞《かすみ》が立ちこめるといってもいい。そこへ「朝漕ぎしつつ唱ふ舟人」がゆっくりと浮上する。そのあたりの間合いが絶妙だ。

「射水川」は小矢部川の古称。家持は、自分の住んでいるところを愛し、思いをすなおに表現したのだろう。そしてありふれた田舎の川は、不朽《ふきゅう》の歌枕になった。

朝はひどく眠い。起きられない。なんの音もしない。しかしだんだん聞こえてくる。それは川の水音であり、雉《きじ》の鳴き声だ。そして遠く、櫓《ろ》のきしむ音が聞こえてくる。舟人の鄙《ひな》びた歌声も聞こえてくる。せつない——きっとこんなふうだったのだ。

家持は眠れない夜をすごしたらしい。都から離れて住むさびしさもあっただろう。そして33歳の鋭敏な感覚が、かつてない憂愁のようなものを引き寄せた。

休日は雨がいい。雨は外出をあきらめさせてくれる。そして遅い朝のベッドで、ぼんやりと雨の音を聞いていたりする。するとだんだん冴《さ》えてきて、自分の内側からもなにかが聞こえてくる。ぼくの胸の奥処《おくか》から、こんこんとわいてくる。それはビートルズの「アイム・オンリー・スリーピング」であり、この歌である。両者は倦怠《けんたい》で通じている。

日曜の朝のしぐれの打ち際でおおよそきみのことだけ思う

岡田幸生

巻19―4155

天平勝宝2年3月8日、家持の白き大鷹を詠む歌

矢《や》形《かた》尾《お》の真白の鷹《たか》を屋戸《やど》に据ゑかき撫《な》で見つつ飼《か》はくし好《よ》しも　大伴家持

矢羽根の形の尾を持つ、白斑《しらふ》の鷹を家に据えて、撫でたり見たりしながら飼うことの楽しさよ。

内山晶太が
家持の
白き大鷹の歌
〔巻19—4155〕をよむ。

うちやま・しょうた
1977年千葉県生まれ。歌人。第13回短歌現代新人賞。第一歌集『窓、その他』(六花書林)で第57回現代歌人協会賞。「短歌人」「pool」同人。

この短歌に先行する長歌では、都を離れ、親しい人の少ない環境での孤独感を、飼っていた鷹《たか》によって紛らせていたことが分かる。鷹を撫でたり、眺めたりしてすごす喜び。この白い鷹は家持の宝物だっただろう。

撫でるたび、眺めるたび、そのたびごとにうれしさの滲《にじ》み出している様子がシンプルな叙述から伝わってきて、こちらもなんだかうれしくなる。と同時に家持の手放しの愛情がかわいらしくも思える。かわいいなあ家持は。

わたしにも一応ひとなみの孤独感はあるのかもしれないが、残念ながら鷹はいない。鷹はいないが、猫ならいる。仕事で疲れてわが家の前までたどりつくと、決まって路地のむこうから雉虎《きじとら》の猫がとことこ走ってやってくる。足元まできてひっくりかえる。そしてわたしはしゃがんで猫を揉《も》む。仰向けのまま、ぬーんと伸びる猫。ここぞとばかりにやわらかな、極上の腹をわしわし揉む。やわらかすぎて、歯をくいしばって揉む。猫もきもちいいし、わたしの指もきもちいい。猫を揉んでいるときのわたしは、一日のうちで一番元気だろう。家持の鷹のように、この猫はわたしの宝物だと思う。

が、猫にとってのわたしは果たして宝物なのだろうか、とふと疑問がよぎる。鷹にとっての家持は宝物だったのかどうか。

辛《つら》い話だけれども、猫にとってのわたしも、鷹にとっての家持も宝物だと言い切れる自信はない。

そう考えていくと、この一首に見られる家持の喜びは、読む角度の違いによって、深いさびしさへとホログラムのように姿を変えてゆくように思われる。

帰路の果てには猫ありて猫を揉むときおりそこに顔をうずめて

内山晶太

巻19―4163―天平勝宝2年、家持のかねて作れる七夕の歌

予《あらかじ》め作る七夕《たなばた》の歌一首

妹《いも》が袖《そで》我《われ》枕《まくら》かむ河《かわ》の瀬《せ》に霧立ちわたれさ夜《よ》ふけぬとに

大伴家持

愛しい人の袖を枕にして眠りたい。私たちが落ち合う河の瀬に、霧よ、立ち籠めておくれ。夜が更けてしまわないうちに。

黒瀬珂瀾が
家持の
かねて作れる七夕の歌
[巻19―4163]をよむ。

くろせ・からん
歌人。1977年大阪府生まれ。福岡県在住。第一歌集『黒耀宮』で第11回ながらみ書房出版賞。その他の著書に『街角の歌』『空庭』など。2012年10月より歌誌「未来」選者。

一年に一夜、七夕にしか抱きあえない恋人、牽牛《けんぎゅう》と織女。牽牛が天の河を渡り、織女と落ち合う瀬の一面、夜が更けないうちに霧が立ち籠《こ》めて欲しいと願う。そうすれば大切な二人の時間を誰にも見られず、邪魔されずゆっくり過ごせるから。わずかな逢瀬《おうせ》に限りない愛の思いを込めた、切ない一首だ。

家持は牽牛になったつもりで、この歌を詠んだ。「予《あらかじ》め作る」とあるから、七夕を迎える随分前に、感興を抑え切れずに詠んだのだろう。そのこと自体に、逢瀬を待ち焦がれる牽牛のはやる心が現れているようだ。さらには、富山の地から都を遠望する家持自身の心も重ねられているかもしれない。ただ、妻の坂上大嬢《さかのうえのおおおとめ》はこの時、富山にいたようだ。

何かを遠望する気持ちは、僕にもよくわかる。結婚して7年間、僕と妻は互いの仕事のため、東京と大阪に別れ住んだ。月に一度会えれば良い方だった。慌ただしく過ぎる短い逢瀬を飾るのは、いつも妻の手料理。冷製パスタのセロリと蟹《かに》缶の味を楽しみにして、僕は東京での7年の独居を乗り越えた。

牽牛と織女、そして家持は何を「焦がれる心」の支えにしていたのだろう。今や別居婚も珍しくない現代。かつての防人のように、妻子を恋う単身赴任の父親も増えた。そのはるか源に牽牛と織女の姿がある。立ち籠める霧の奥、二人一緒に何を食べたのか。それが気になる七夕の夜だ。

抱きあふぼくらをつつむ香りあれ　喉《のみど》にともる碧《あお》きバジルは

黒瀬珂瀾

巻19―4165―天平勝宝2年、家持の勇士《ますらお》の名を振うことを願う歌

丈夫《ますらお》は名《な》をし立つべし後《のち》の代《よ》に聞き継《つ》ぐ人も語り継ぐがね

大伴家持

ますらおたるもの、立派な名を立てなければならない。後の代に聞いた人がまた語り伝えて、永遠に語り継ぐように。

奥田亡羊が
家持の
勇士の名を振うことを
願う歌

［巻19—4165］をよむ。

おくだ・ぼうよう
1967年京都生まれ。歌人。2005年「第48回短歌研究新人賞」。08年、第一歌集『亡羊』で第52回現代歌人協会賞受賞。短歌結社「心の花」所属。

立身出世だとか、故郷に錦を飾るだとか、今どきそういうことを思う人は少ないのかもしれない。安定した収入があって、無病息災、家族と安心して過ごせる時間があれば、それにまさる幸せはない。わたしも30代半ばで仕事を辞め、人並みに生きる難しさも幸せも身にしみて思うようになった。

では、家持はどのような気持ちで名を立てる歌を詠んだのだろう。

家持がこの歌を詠んだのは33歳のころ。未来を信じて疑わない自信に満ちている。これには対になる長歌があって、そこで家持は、父と母がこころを傾けて思って下さったわたしであるから、語り継がれる名を立てなければならないとうたっている。10代前半で相次いで父母を亡くし、若い家持の肩には名門大伴家の命運がかかっていたのだ。

ところが、この歌が詠まれた越中赴任時代をピークとして、彼の人生は暗転する。藤原氏の専横によって頼みとしていた人物を次々と失い、左遷につぐ左遷。没後も藤原種継《ふじわらのたねつぐ》暗殺の首謀者と見なされ、名を立てるどころか生前の官位姓名を剥奪されてしまう。家持は万葉集を編纂《へんさん》し、結果として歌人として名を残すが、生前、そのことをどれだけ知っていただろうか。

「新《あら》しき年の始《はじめ》の初春の今日降る雪のいや重《し》け吉事《よごと》」。年の始の初春のきょう降る雪のように良いことよ、重なれ。家持が左遷先の因幡国《いなばのくに》で詠んだ歌だ。万葉集20巻の巻末に置かれた歌として知られている。その後、家持は26年を生きたが、この美しい祈りを最後に歌は一首も残っていない。

永遠に語り継がれる名を立てて眠らん　母の呼ぶ声がする

奥田亡羊

巻19―4200―天平勝宝2年4月12日、家持らと布勢の水海《みずうみ》に遊覧するときの歌

多祜《たこ》の浦の底さへにほふ藤波を插頭《かざ》して行かむ見ぬ人のため

内蔵縄麻呂《くらのなわまろ》

多祜の浦の底まで美しく映える藤の花を髪に差して行こう。
この景色をまだ見ていない人のために。

石川美南が
内蔵縄麻呂の
多祜の浦の藤波の歌
［巻19―4200］をよむ。

いしかわ・みな
歌人。1980年生まれ。神奈川県在住。「pool」および［sai］同人。歌集に『砂の降る教室』『裏島』『離れ島』など。

大伴家持とその部下である縄麻呂たちが、藤の花で有名な多祜《たご》の浦に出かけ、船を浮かべて遊んだ折に作られた一首。

水に映った藤の房の影を詠むという発想は、同じときに家持が詠んだ「藤波の影なす海の底清み沈《しず》く石をも珠《たま》とそわが見る」を受けているようだが、湖の底をじっと見つめている家持の歌に比べて、この歌は下の句に動きがあり、一味違った趣きになっている。

私がこの歌に惹《ひ》かれる理由は二つ。一つは、「挿頭《かざ》して行かむ」辺りにイリュージョンめいた感触があること。船は静かに停《と》まっており、波のない湖は磨かれた鏡のよう。だから、湖の上に咲く満開の藤と、湖に映る藤の影とが同じくらい色鮮やかに見える。それでは、縄麻呂が手折り、気取って髪に挿したのは、本当に本物の藤であったか。もしかして、藤の影の方ではなかったか――。そんな、妖しい錯覚を誘われるのである（こういう幻想味は平安時代の和歌にも通じるし、現代短歌的ともいえる）。

もう一つは、結句「見ぬ人のため」。美しい風景を眺めている瞬間、「ああ、ここにいないあの人にも見せたかったなあ」と思わずにはいられない誰かとは、いったい誰だったのだろう。同行している人々と共通の知人という解釈もあるかもしれないが、このとき縄麻呂の心にあったのはもっと親密な相手、たとえば、国府に留《とど》まっている妻の顔だったのではないか、と私は勝手に想像している。

楽しい旅の途中でも、気がつけばその人の元に心を飛ばしている。そんな相手に、私もいい加減巡り逢《あ》えないものだろうか。ほんとに。

旅客機の真下をうねる雲の波両手に掬《すく》ひあげて　あなたに

石川美南

巻19―4241―天平勝宝3年、光明皇后の歌にこたえる入唐《にゅうとう》大使《たいし》藤原清河の歌

春日《かすが》野《の》に斎《いつ》く三《み》諸《もろ》の梅の花栄えてあり待て還《かえ》り来るまで

藤原清河《ふじわらのきよかわ》

春日野で神を祀《まつ》る社の梅の花よ。咲き栄えつづけて待てよ。
わたしがここに帰ってくるまで。

齋藤芳生が
藤原清河の
春日野の梅の花の歌
［巻19—４２４１］をよむ。

さいとう・よしき
歌人。１９７７年福島県生まれ。馬場あき子主宰「歌林の会」会員。第53回角川短歌賞受賞。第一歌集『桃花水を待つ』にて第17回日本歌人クラブ新人賞受賞。現代歌人協会会員。

梅の花の美しさを、香りを、何度も何度も振り返ったに違いない。遣唐大使の命を受けた藤原清河は唐に渡った後、帰郷を切望しながらも、ついに生涯日本に戻ることはできなかった。

この歌は天平勝宝３（７５１）年、出立が決まった清河の無事を、藤原氏の氏神が祀られている春日神社に一族で祈った時のもの。越中国の家持は、この歌を部下である大目《だいさかん》の高安種麿《たかやすのたねまろ》から伝え聞いたのだという。

清河たちの過酷な船旅や重責とは比べ物にならないけれど、２００７年の夏から３年間、私はアラブ首長国連邦の首都、アブダビで働いていた。現地の公立小学校で、アラブ人の子どもたちに日本語や日本文化を教える仕事である。

真夏は日中の気温が50度以上にもなる砂漠の街で、梅の花を見ることは当然ない。唯一見たのは、現地に出店していた、日本でも有名な１００円ショップの中だった。「お部屋を日本風に飾ってはいかが?」と、造花が売られていたのである。プラスチック製の花びらは固かった。寒い冬を越えてようやく咲く日本の梅の花が、その香りが、心底恋しいと思った。

梅の花は造花で我慢するしかなかったアブダビに咲いていたのは、ブーゲンビリアである。街中の家や学校に植えられたブーゲンビリアは強烈な日差しと砂漠の砂を浴びながら、一年中その真っ赤な花を絶やすことがなかった。根元には落ちた花殻が赤いまま乾き、埃《ほこり》っぽい風が吹くたびにかさかさと音をたてた。

梅の花あなたを想いつつひらき祈りつつ春日野をあふれゆく

齋藤芳生

巻19―4255―天平勝宝3年、家持が帰京途中に、宴のためあらかじめ作った秋の花の歌

秋の花種々《くさぐさ》にありと色毎《いろごと》に見《め》し明《あき》らむる今日の貴さ

大伴家持

秋の花はさまざまにあると、その色とりどりを、おおきみがご覧になり、心を明るくなさる今日という日の貴さよ。

堂園昌彦が家持の秋の花の歌

［巻19―4255］をよむ。

どうぞの・まさひこ
歌人。1983年東京生まれ。「コスモス」「pool」所属。「ガルマン歌会」運営。

この歌は天皇が野に遊んだときに家持がその治世を褒め称《たた》えた、宴《うたげ》の歌だ。「色毎」の細やかさがよく、まるで小さな秋の花たちが胸に広がっていくようで、好きな歌である。

いにしえの天皇ほど偉くはない私でも、秋の散歩をすることはできる。最近はめっきり寒くなってきたが、そのぶん空が美しい。ある日、近所の公園を歩いていたら風船売りに出会った。いまどき珍しいな、と思っていたら、風にバランスを崩したのか、突然、手からたくさんの風船がこぼれた。赤、青、白、オレンジ、緑。空に広がる色とりどりの風船。近くにいた小さな女の子に「きれいだね」

と話しかけると「お花畑みたい」と返してくれた。私たちは微笑《ほほえ》みながら美しい空を見つめていた。

以上の話はすべて嘘《うそ》だ。実際は風船売りなどいなかったし、小さな女の子もいなかった。公園を歩いてもなにも起きなかった。ただ、灰色の地面をまばらに人々が歩き回っていただけだ。しかし、その日の秋の空は風船を飛ばしたいくらい、本当に美しかった。

実は家持も実際には宴に行っていない。家持は越中から京に戻る際に気持ちが盛り上がり、もし天皇から宴に招かれたらと、仮定で歌を作った。現実にはこの野遊びはなかったし、秋の草花の細かく美しい様子は家持の目には映っていなかった。しかし、それでもこの歌からは家持の浮き立つ心が見えてくる。

秋の空は奥行きがあって、人間の想像くらいは受け入れてくれる。だから秋は好きな季節だ。

君もあなたもみな草を見て秋を見て胸に架空の国を宿した

堂園昌彦

twitter編

北日本新聞社出版部 @bookskitanippon
北日本新聞社では、2012年7月から9月にかけて、ツイッターユーザーから、「いまドキ語訳越中万葉」の短歌作品を募集しました。全358ツイートの投稿の中から秀逸な35作品をここに掲載します。

道の辺の草は足にて薙ぐとせむコーラ飲みつつ歩む吾はも

／島田牙城 @younohon

大野らへんはんぱねえけどまじぱねえ先輩だったらわしづかみっす

／いいだかずま@ iida_kzm

大野路《おおのじ》は繁道《しげじ》森道《もりみち》繁《しげ》くとも君し通はば道は広けむ

越中国《こしのみちのなかのくに》の歌［巻16―3881］

嫁入りのきつねが通る杉木立おやひこさまに見守られつつ

／紫苑 @purple_aster

伊夜彦《いやひこ》おのれ神さび青雲のたなびく日すら小雨そほ降る

越中国《こしのみちのなかのくに》の歌［巻16―3883］

ｉＰｏｄひとりじめするポケットのきょうどこまでもきみの不在は

／杜崎アオ @morisaki_ao

今のごと恋しく君が思ほえばいかにかもせむするすべのなさ

大伴坂上郎女［巻17―3928］

離れても僕は一緒に見ていますあなたのくれた写メールの海
／住友秀夫 @h_sumitomo

旅に去にし君しも継ぎて夢に見ゆ吾が片恋の繁ければかも
大伴坂上郎女［巻17―3929］

振り切ったふり　きっと嘘　そう思う　もう隠せない遣る瀬ない恋
／みちこ @michiko_fusu

君によりわが名はすでに立田山絶えたる恋のしげき頃かも
平群氏女郎［巻17―3931］

須磨浦で海女が毎日焼く塩のようなしょっぱい恋をしている
／浅草大将 @asakusataisyo

須磨人の海辺常去らず焼く塩の辛きを恋をも吾はするかも
平群氏女郎［巻17―3932］

アラームは不穏なノイズ殴られて愛されたいの余熱のかぎり
／たえなかすず @suzusuzu2009

なかなかに死なば安けむ君が目を見ず久ならばすべなかるべし
平群氏女郎［巻17―3934］

遠すぎてみえないものを夕焼けに包んであなたはまた旅に出る
／いないずみ。@inizmmk

荷造りで忘れていったいっぽんの筆をみている　またいないのね
しづく @siduku_xxx

草枕旅にしばしばかくのみや君を遣りつつ吾が恋居らむ
平群氏女郎［巻17―3936］

さよならも言わずにいなくなった人氷に消えるソーダの泡は
／富田睦子 @mutsutom

草枕旅去にし君が帰り来む月日を知らむすべの知らなく
平群氏女郎［巻17―3937］

金色の稲穂の波の彼方から野の花束を抱えたあなた
／中家菜津子 @natsushima54

秋の田の穂向き見がてり我が背子がふさ手折り来るをみなへしかも
大伴家持［巻17―3943］

女郎花ほつほつと咲く野の原をほつほつ行けばあなたを思う
／飯田彩乃 @iida_ayano

をみなへし咲きたる野辺を行き巡り君を思ひ出た廻《もとほ》り来ぬ
大伴池主［巻17―3944］

あの白いカーディガンもう着てますかクリーニングのタグをはずして
／魚住蓮奈 @hansan_mhd

秋の夜は暁《あかとき》寒し白たへの妹《いも》が衣手《ころもで》着むよしもがも
大伴池主［巻17―3945］

会わないことが常態になる日常にぬるいビールを飲み干している

／佐藤りえ @sato_rie

ほととぎす鳴きて過ぎにし岡辺《おかび》から秋風吹きぬよしもあらなくに

大伴池主［巻17―3946］

街灯のまばらな町のベランダにかまえ続けている糸電話

／佐藤りえ @sato_rie

天離《あまざか》る鄙《ひな》に月経《へ》ぬしかれども結《ゆ》ひてし紐を解きも開けなくに

大伴家持［巻17―3948］

東京から遠いところに離れてもあなたのくれたネクタイ結ぶ

／片山由加 @christmasrose01

天離《あまざか》る鄙《ひな》にあるわれをうたがたも紐解き放《さ》けて思ほすらめや

大伴家持［巻17―3949］

君が今朝上げてくれたるジッパーに守られているわれの背中は
／富田睦子 @mutsutom

家にして結《ゆ》ひてし紐を解き放《さ》けず思ふ心を誰か知らむも
大伴家持 ［巻17―3950］

かなかなのなくゆうぐれはひらかなのおみなえしさくかなしみにひかり
／中家菜津子 @natsushima54

ひぐらしの鳴きぬる時は女郎花咲きたる野辺を行きつつ見べし
秦《はだの》八千島《やちしま》 ［巻17―3951］

おとうとは憧れていた空をゆく飛行機雲と肩をならべて
／飯田彩乃 @iida_ayano

真幸《まさき》くと言ひてしものを白雲に立ちたなびくと聞けば悲しも
大伴家持 ［巻16―3928］

あの人をミサンガにして手に巻いて行ければ旅はつらくないのに
／かんの♂ @billion_hit

わが背子は玉にもがもなほととぎす声にあへ貫《ぬ》き手に纏《ぬ》きて行かむ
大伴家持［巻17—4007］

きらきらきら水しぶき浴び川遊びスカート濡らす君が愛しい
／福島多喜 @taki0705

ポセイドンなんかいないよ鴨川に入っても濡れるだけだ帰ろう
／パンジーヘイトスピーチ @pansyphobia

鵜坂川《うさかがわ》渡る瀬多みこの吾が馬の足《あ》掻《がき》の水に衣濡れにけり
大伴家持［巻17—4022］

今夜都市の豪雨をゆけば檸檬色の長靴のなか水踏むといふ
／大石直孝 @tree_frog_o

立山《たちやま》の雪し消らしも延槻《はいつき》の川の渡瀬《わたりせ》鐙《あぶみ》浸《つ》かすも
大伴家持［巻17—4024］

さびしくってしかたがないよ船底に聴く水音の Home, Sweet Home

／村上きわみ @imawik

朝びらき入江漕《こ》ぐなる梶《かじ》の音のつばらつばらに吾家《わぎえ》し思ほゆ

山上臣［巻18―4065］

あの夜は三日月でしたかさざなみの攫った音はここにあります

／いないずみ。@inizmmk

ぬばたまの夜渡る月を幾夜経《ふ》と数《よ》みつつ妹はわれ待つらむそ

大伴家持［巻18―4072］

篝火《かがりび》にスターフラワーが映えるでしょう髪に飾ってダンスに行くわ

／紫苑@ purple_aster

暑いねとつぶやく私に君が出すひんやりとしたレモンウォーター

／文月りか @rikka_soar

あぶら火の光に見ゆるわが蘰《かずら》さ百合の花の笑《え》まはしきかも

大伴家持［巻18―4086］

君のこと社内ですでに有名だ休みを取るのは浮気のためと

／かんの♂ @billion_hit

里人の見る目恥ずかし左夫流児にさどはす君が宮出後姿

大伴家持［巻18―4108］

「おばさん」と呼ばれて肩が跳ね上がることもなくなりダイエーへゆく

／魚住蓮奈 @hansan_mhd

紅《くれない》はうつろふものそ橡《つるばみ》のなれにし衣《きぬ》になほ及《し》かめやも

大伴家持［巻18―4109］

きょう逢おう明日も逢おうと君を待つ駅の花壇に百合の花咲く

／紫苑 @purple_aster

さ百合花ゆりも逢はむと下延《したは》ふる心しなくは今日も経《へ》めやも

大伴家持［巻18―4115］

眠らない都市に慣れたね　君の眉ととのえられて三日月のよう
／中家菜津子@natsushima54

変わらない笑顔にほっとした矢先見たことのない表情された
／みちこ@michiko_fusu

去年《こぞ》の秋あひ見しままに今日見れば面《おも》やめづらし都方人《みやこかたひと》
大伴家持［巻19—4117］

かき消えてしまうでしょうかきみの名をそっと灯したくちびるほのか
／杜崎アオ@morisaki_ao

鮪衝《しびつ》くと海人《あま》の灯せる漁火《いさりび》のほにか出でなむわが下思《したも》ひを
大伴家持［巻19—4218］

空の雲踏んで蹴散らすかみなりも今日より恐い時があろうか
／浅草大将@asakusataisho

天雲《あまくも》をほろに踏みあだし鳴神《なるかみ》も今日に益《まさ》りて畏《かしこ》けめやも
犬養命婦［巻19—4235］

解説・越中と家持――しなざかる越に五年《いつとせ》住み住みて

大伴家と家持

万葉集の巻17から巻20までは大伴家持《おおとものやかもち》の歌日記の形式となっています。巻17は、７３０（天平２）年、家持の父・大伴旅人《おおとものたびと》が大宰府の任を終えて帰京するシーンで始まり、巻20は７５９（天平宝字３）年、家持が左遷先の因幡《いなば》国庁で詠んだ、新年の歌で締めくくられています。

大伴家持はいまからおよそ１３００年前、平城京に近い奈良の佐保に生まれました。生年は７１８（養老２）年という説が有力です。父は後の大納言《だいなごん》・大伴旅人で、旅人が大宰帥《だざいのそち》（九州一帯の外交・防衛長官）として筑《ちく》前国《ぜんのくに》に赴任した時には、少年だった家持も同行したようです。

大伴家は当時としても非常に古い家系で、天皇家との結びつきも強く、５世紀から６世紀にかけては、一族が政権を掌握するまでの力を持っていました。その後いったん中央政界から失脚しますが、壬申の乱（672年）で家持の祖父、大伴安麿《おおとものやすまろ》が軍功を上げ、ふたたび政治の表舞台に返り咲きます。いわば大伴家は超エリート軍人官僚の一族なのでした。

順風満帆なスタートライン

一族が大宰府から帰京して間もなく、父の旅人が病に没しました。代わって、大伴家の総領となったのはまだ十代の家持でした。

家持は、叔母・坂上郎女《さかのうえのいらつめ》の手助けもあって、名家の子弟にふさわしい教養を身につけながら成長しました。青春時代の家持は、坂上郎女の娘で後に正妻となるいとこの坂上大嬢《さかのうえのおおおとめ》や、笠女郎《かさのいらつめ》、年上の紀女郎《きのいらつめ》らと相聞歌を交わし、妻（正妻ではない）を亡くした悲傷の歌を詠んでいます。

やがて家持は、高位の貴族の子弟のなかでも、とくに秀でた者が選ばれる内舎人《うどねり》として朝廷に仕えることになります。聖武天皇の行幸にも同行し、官人としては順風満帆にスタートを切ったといえるでしょう。

　一方、家持が青春を送った天平時代は、政変や反乱、飢饉や疫病が発生し、「天平」とは名ばかりの社会不安が強まっていました。聖武天皇は仏を拝むことでこういった不安から民衆を救おうと、７４３（天平15）年に大仏発願の詔《みことのり》を発して、東大寺に大仏を建立しようと計画しました。

家持と越中国

　20代を終えようとしていた家持は、７４６（天平18）年に、国守として越中国に赴任しました。「越《コシ》」という言葉には、都からとても遠くに至るという意味があります。延喜式によれば越中国の階級は上国ですが、家持の赴任時には、守《かみ》（国守）・介《すけ》・掾《じょう》に次ぐ官職として、大目《だいさかん》を置くことが許されるなど、1ランク上の大国並みの扱いを受けていたことが分かります。

　聖武天皇の悲願であった大仏鋳造には莫大な費用が掛かるため、朝廷は税収を増す必要がありました。７４３年に発布された墾田永年私財法は、農地を広げ農作を促進し、税を得ようとするものですが、越中国は能登を含む大きな国だったため、広大な墾田開発の期待が寄せられていたのです。

そして当時の越中国は、辺境からの防衛と外交の面で、海陸ともに非常に重要な土地でした。渟足柵《ぬたりのき》や磐舟柵《いわふねのき》などの城柵が置かれた隣の越後国より北では、律令国家にくみしない蝦夷《えみし》と呼ばれる人々が、しばしば反乱を起こしました。日本海を挟んで高句麗《こうくり》や渤海《ぼっかい》からの使節が、対岸にあたる能登に着岸することがありました。緊張関係にあった蝦夷《えぞ》や渤海に、うまく対処できる優秀な人材が、国守として配置されたことは想像に難くありません。

万葉集では、家持が出挙《すいこ》による諸郡巡行や視察をおこなったり、東大寺の僧を館に迎えたりする記述がありますが、越中国守としての家持の職務が、律令国家にとっていかに重要だったかを物語るものです。

越中の家持をめぐる人々

家持を越中国庁で迎えた部下の中には、旧知の歌人である大伴池主《おおとものいけぬし》の姿がありました。掾《じょう》と呼ばれる三等官の池主は、家持よりやや年上で遠縁にあたる人物とされますが、生年系譜ともに未詳です。越中に赴任したばかりで弟を失い、慣れない気候や暮らしの中で病気になった家持を、池主はなにかと気遣い慰めました。友情が深まった二人の間には、男女が交わす相聞歌のかたちを借りた、多くの歌がやり取りされました。池主は家持の歌作や執筆もおおいに励ましたと思われ、「賦《ふ》」と呼ばれる中国詩の形式を借りた長歌をはじめ、意欲的な実験作が二人の交流のなかで生まれました。

秦八千嶋《はだのやちしま》や、池主の後任の久米広縄《くめのひろなわ》といった部下たちも自分の館で宴を開き、家持を招いて歌を通じた親交を深めました。これらの宴に花を添えたのが、遊行女婦《うかれめ》と呼ばれる接待役の女性たちで、万葉集には土師《はにし》や蒲生娘子《がもうのおとめ》といった名前があがっています。

ユニークな存在は、史生《ししょう》と呼ばれる書記官の尾張少咋《おわりのおくい》です。他の官吏と同様に、少咋も妻を都に残しておきながら、赴任先の越中で左夫流子《さぶるこ》という遊行女婦と恋に落ち、一緒に暮らし始めました。家持は少咋に、「長く連れ添った妻がいちばんなのだから大切にしなさい」と歌に詠んで諭しました。

越中の自然風土と家持の歌

家持が越中赴任中に詠んだ歌、記録した歌（巻17―３９２７～巻19―４２５６）は、家持の歌日記の多くの部分を占め、そのみずみずしさで他より異彩を放っています。

都会から移り住んだ家持には、はじめて触れる越中の自然や風土が、新鮮に映ったのでしょう。国庁のある伏木台地（現在の高岡市伏木地域）には、二上山の丘陵とともに、渋谷の磯辺がすぐそばまで迫っています。荒磯の向こうには、白い雪をたたえた立山・剱の峰々が海上に横たわって見えます。暗い夜の海には、魚を捕る舟の漁り火が、星と見まごうばかりにゆらめいていたはずです。深い雪で閉ざされた長い冬が終わって春を迎えたときには、ものが芽吹き、川が流れ出す喜びはひとしおだったと思われます。

布勢《ふせ》の水海《みずうみ》と呼ばれる大きな湖水を好んだ家持は、何度も足を運びました。初夏には見事な藤の花房が咲き盛り、水海の周辺を波のように縁どることを、都への土産話にしたのでしょう。都からの使者・田辺福麿《たなべのふくまろ》も、布勢の水海での遊覧を楽しみにして越中を訪れています。

生命力にあふれる越中の山川草木は、青年期の家持の柔らかな感性をとおして、たくさんの長歌や短歌に詠まれました。都の暮らしでは花鳥風月を愛し、技巧を凝らした歌を好んでいた家持でしたが、じかに触れるダイナミックな景観に驚き感動し、これらを題材にした歌には、いままでになかった力強さ、生生しさが加わります。越中で得た新境地は、家持のもともとの文学的教養や風流志向と結びつき醸成され、世に越中秀吟と呼ばれる巻19―４１３９から４１５０の12首で、ひとつのピークに達します。

家持その後の生涯

しなざかる越《こし》に五年《いつとせ》住み住みて立ち別れまく惜しき初夜《よい》かも　大伴家持

７５１（天平勝宝３）年７月に家持は少納言に遷任され、５年間慣れ親しんだ越中の地を後に京へ向かいます。時代は聖武天皇から娘の孝謙天皇へと移り、政治の権勢も、家持の後ろ盾だった都の実力者・左大臣橘諸兄《たちばなのもろえ》から、新興勢力の藤原仲麿へと移ろうとしていました。そして家持の後半の人生は、朝廷の政権争いに翻弄され続ける、苦悩の日々となりました。

756（天平勝宝8）年、橘諸兄は聖武上皇の病に際して不敬の言を発したとされ、左大臣の職を辞し失意のうちに亡くなります。その後、藤原仲麿による専横政治に、諸兄の子・奈良麿《ならまろ》は強い不満を持ち、757年6月、仲麿を滅ぼして孝謙天皇を廃位しようともくろみます。（橘奈良麿の乱）しかしこの計画は翌月に発覚し、奈良麿ら一党は拷問や配流を受けました。家持の親友だった大伴池主も、奈良麿に加担し、投獄され命を落としました。

家持は758（天平宝字2）年、因幡守《いなばのかみ》の任を受けますが、これは橘寄りと見られていた家持に対する降格人事でした。因幡国（現在の鳥取県）に赴任した家持は、翌年正月、国司や郡司たちと新年を祝う席で、雪を瑞祥としてこれからも良いことが重なってほしいと歌います。万葉集の最後をしめくくるこの歌は、静かで何気ない祝いの歌ですが、当時の家持の境遇を思うと胸にせまるものがあります。

　長らく不遇だった家持が要職に戻るのは、光仁天皇が即位した７７０年で（改元して宝亀元年）家持はすでに52歳でした。その後は官人として順調に昇進を重ね、万葉集の草稿が編まれたのもこの頃という説があります。（中西進「万葉集形成の研究」）さらに桓武天皇の時代、家持は従三位にまでのぼり、最後の官職は中納言従三位兼春宮大夫陸奥按察使鎮守府将軍でした。そして７８５（延暦４）年、視察先の陸奥国で亡くなりました。68歳の時でした。

　政情不安は続いていました。藤原種継が暗殺され、その計画の首謀者が、死後間もない家持とされたのでした。家持の官籍は除名され、遺骨は隠岐に運ばれたといいます。罪が許され従三位に復位するのは、桓武天皇が没した８０６（大同３）年、家持の死去より21年という長い歳月がたっていました。

（島なおみ）

いまドキ語訳越中万葉　編者／北日本新聞社　２０１３年９月10日発行
発行人／板倉　均　発行所／北日本新聞社　〒９３０－００９４　富山市安住町
２番14号　電話／０７６（４４５）３３５２　振替口座／００７８０（６）４５０
編集制作／北日本新聞開発センター　装丁／山口久美子（アイアンオー）　印刷／
山田写真製版所　
ISBN978-4-86175-074-8　定価はカバーに表示しています。